Damals ist vo

Paul Senftenberg wurde 1967 in Schwechat bei Wien geboren. Als Kind waren die Auenwälder an der Donau sein Abenteuerspielplatz, und schon damals war der Friedhof der Namenlosen unweit des Alberner Hafens, der wichtigste Schauplatz seines Romans »Damals ist vorbei«, für ihn ein besonderer Ort. Er studierte Anglistik, Journalistik und Theaterwissenschaft, arbeitet heute als Lehrer und leitet nebenbei theaterpädagogische Projekte mit Kindern.

Paul Senftenberg

Damals ist vorbei

Roman

BRUNO GMÜNDER

Kleiststr. 23-26, D-10787 Berlin
info@brunogmuender.com

Umschlaggestaltung: Dolph Caesar
Coverfoto: © www.dylanrosser.com

Printed in the E.U.

ISBN: 978-3-86787-129-7

Alles über unsere Bücher und Autoren:
www.brunogmuender.com

**There was a boy
A very strange enchanted boy
They say he wandered very far, very far
Over land and sea.
A little shy and sad of eye
But very wise was he.**

**And then one day
A magic day he passed my way
And while we spoke of many things
Fools and kings
This he said to me,
»The greatest thing you'll ever learn
Is just to love and be loved in return.«**

Eden Ahbez, *Nature Boy*

**»Wir gehörten einander, aber weil wir uns
voneinander wegentwickelt hatten,
gehörten wir jetzt anderen,
die wie Hausbesetzer unser Leben vereinnahmt hatten.«**

André Aciman, *Ruf mich bei deinem Namen*

Den Friedhof der Namenlosen habe ich beschrieben, wie ich ihn kenne, die Grabinschriften im Text und das Epitaph am Schluss des Romans finden sich dort so vor, wie ich sie wiedergegeben habe. Alle anderen Ereignisse, Orte, Figuren und deren Namen sind aber frei erfunden. Ähnlichkeiten mit lebenden oder verstorbenen Personen, Handlungen und Orten sind rein zufällig.
P. S.

ZWEIUNDZWANZIG JAHRE

Zweiundzwanzig Jahre früher, an einem späten Nachmittag im Sommer, fiel Martin etwas auf, das aussah wie ein im Wasser tanzendes Stück Holz. Beim Näherkommen aber entpuppte sich das Stück Holz als ein Junge. Wie in einem Lasso gefangen, hing der Junge an einem Seil. Das Seil war an einem dicken Ast befestigt, der am Ufer ein Stück über den Fluss ragte, und dem Jungen straff unter den Achseln um die Brust geschlungen. Der Junge trieb so auf dem Rücken und mit seitwärts weggestreckten Armen in der Donau. Das tiefe Licht streifte in winzigen Blitzen über das, was vom Körper dieses Jungen aus den Wellen ragte. Teile des Gesichts, der Brust, der Arme und Beine und ab und an die nackten Zehen tauchten auf und verschwanden einen Moment darauf bereits wieder im Wasser; es flirrte und flackerte um den Jungen herum und über ihn hinweg, dass Martin ganz schwindelig wurde.

Hier im Auwald unweit des Alberner Hafens befand sich der sogenannte Friedhof der Namenlosen, hier hatte man über lange Zeit die aufgedunsenen Leiber von Selbstmördern begraben. Die meisten von ihnen waren in ihrer Seelenpein von der nahen Reichsbrücke gesprungen, einige an einer anderen, privateren Stelle ins Wasser gegangen. Eine als Wechsel bekannte Strömung die Donau abwärts hatte sie gepackt und ziemlich genau an dieser Stelle angeschwemmt.

Kein Wunder also, dass Martin im ersten Moment an ein Stück Treibholz, dann an eine Wasserleiche gedacht hatte. Doch dieser Junge war nicht tot. Das stellte sich heraus, als Martin nach dem Seil griff und nur einmal kurz daran ruckte und sogleich Leben in den Körper kam: Wie ein Fisch an einer unsichtbaren Angelschnur zuckte er nach links und rechts, sodass auch Martin einige Spritzer Donauwasser abbekam, als er das Seil packte und den Jungen zu sich ans Ufer zog.

Am Ufer rappelte sich der Junge hoch und wand sich mit hastigen Bewegungen aus dem Seil. Triefend nass, mit zerstrubbelten Haaren, nacktem Oberkörper, nackten Beinen und einer kurzen Hose, die ihm an den Oberschenkeln klebte, stand er vor Martin, leicht vornübergebeugt und die Finger ständig in Bewegung. Martin sah die Zornesfalten zwischen den Brauen des Jungen, als dieser ihm auch schon mit beiden Händen einen Stoß versetzte, der ihn rücklings zu Boden warf.

Was er denn glaube, schrie der Junge von oben auf Martin hinunter, und seine Stimme kippte dabei. Er lief drei, vier fahrige Schritte weiter, bevor er sich wieder umdrehte. Ob er vielleicht glaube, dass er sich umbringen wollte?

Und bevor Martin etwas sagen konnte: »Will ich aber nicht.« Mit dem trotzigen Nachsatz: »Und wenn ich's wollte, dann würde ich mich schön bedanken, wenn da einer daherkommt und sich als Held aufspielt!«

Weg war er mit diesen Worten, und Martin lag im Gestrüpp im Auwald, das hier am Donauufer so hoch wucherte, dass ihn weder ein Spaziergänger an Land noch ein Ruderer auf dem Wasser bemerkt hätte. Martin blieb einige Zeit lang so liegen. Über ihm tanzte das Sonnenlicht zwischen den Blättern wie vorhin auf den Wellen. Die Worte des Jungen, die er mit seiner rauen Stimme hervorgestoßen hatte, klangen in seinen Ohren noch nach. Dabei hatte er nicht die leiseste Ahnung, was er über diesen seltsam zornigen Jungen, der keine Leiche war, denken sollte. Aber aufhören, an ihn zu denken, konnte er nicht.

WOLKENHERDEN

Die Angst, nicht wieder aufzuwachen, hatte Thomas vor dem Einschlafen abgehalten, und so war er bereits in der ersten Morgendämmerung in Wien losgefahren. Lang hatte er am Rand eines Weizenfelds gehalten, das sich in einem weiten Schwung einen Hügel hinabzog: ein Tableau aus gelben und braunen Tönen und darüber ein hoher blauer Himmel, nur ein paar vereinzelte Wolkenballen in völliger Windstille.

Jetzt, gegen Mittag, trieb ein trockener Wind solche Wolkenballen wie eine Herde weißer Tiere über das graue Dach des Gebäudes dahin, vor dem Thomas seinen Wagen parkte. Thomas stand vor dem ehemaligen Lichtspieltheater, das jetzt gleichermaßen als Buchhandlung und Galerie diente, und schaute still auf die Fassade des Gebäudes oder wohl doch eher schräg an den Schornsteinen und Giebeln des Daches vorbei in den Himmel mit diesen Wolken und dachte an den siebzehnjährigen Jungen, den er damals, fast auf den Tag genau zweiundzwanzig Jahre zuvor, auf dem Friedhof am Ufer der Donau kennengelernt hatte. Eine Internetrecherche nach Galerien in Wien und Umgebung, die auch unbekannte Künstler ausstellten, hatte ihn durch Zufall auf einen Namen gebracht, der ihm unvermittelt das Herz zusammenzog, und dann auch auf die Adresse in der kleinen Stadt.

Thomas zwang sich aus seiner Bewegungslosigkeit und holte zwei Gemälde aus dem Kofferraum. Er stellte sie vorsichtig auf der Straße ab und schloss den Kofferraum. Die Gemälde waren ziemlich wuchtig, zum Schutz waren sie in trübes Plastik gepackt. Thomas hielt sie an dem rohfaserigen, weiß getünchten Holzrahmen, der seiner Meinung nach gut zu den Bildern passte. Sie zeigten großflächige Gestalten, mit groben, dicken Ölstrichen gemalt. Nicht nur aufgrund der Verpackung erkannte man in den Gesichtern keine Einzelheiten.

Mit den Bildern legte Thomas den kurzen Weg von seinem Wagen zu dem Gebäude zurück. Eine Grünfläche mit alten Kastanienbäumen, die jetzt in Blüte standen, umgab das ehemalige Lichtspieltheater. Auch wenn Thomas im Internet keine Informationen über das Haus gelesen hätte, wäre der Schriftzug aus Neonröhren immer noch ein Hinweis auf die ursprüngliche Nutzung gewesen. Dieser Schriftzug verlief schräg über dem Eingangsbereich, der mit seinen Säulen und dem Kapitell einem antiken Tempel nachzueifern schien, und ließ keinen Zweifel an der einstigen Bestimmung des Gebäudes. Die Türen standen weit offen, rechts davon gab es Kaffeehaustische und Korbsessel im Gras, dazu Sonnenschirme aus Holz und Leinen, doch die waren momentan nicht aufgespannt. Gäste waren auch keine zu sehen; die Mittagshitze lag auf der Szenerie und hätte die Aktionen von Anwesenden so verlangsamt wie jene von Thomas, der sich dem Eingang näherte. Leise Musik drang aus einem unsichtbaren Lautsprecher, eine französische Beschwörung des Meeres, die selbst in dieser heißen Luft nicht deplatziert wirkte, weil sie die Geräusche des Windes in den Kronen der Kastanienbäume aufnahm. Thomas hatte das Gefühl, als würden ihn diese Geräusche vor sich hertreiben wie vorhin der Wind die Wolken. So steuerte er geradewegs auf die offenen Türen des ehemaligen Lichtspieltheaters zu.

Thomas blieb einen Augenblick lang stehen, abermals schaute er sich genau um. Er presste die Lippen zusammen und atmete tief ein, dann ließ er wieder locker. Er nickte, als gäbe er sich selbst die Erlaubnis zum Weitergehen. Er setzte sich wieder in Bewegung und war sich dabei ungewiss, ob er, wie befürchtet oder erhofft, auf einen Punkt zuging, der dem seiner Vorstellungen während der Nacht ähnelte, als er in seinem Bett lag und nicht einschlafen konnte, weil er Angst hatte, nicht wieder aufzuwachen.

DER FRIEDHOF DER NAMENLOSEN

Martin versuchte den ganzen Vormittag, nicht an den Jungen zu denken, den er aus der Donau gezogen hatte. Scheinbar ziellos streifte er durch das Areal des Frachthafens, versteckte sich vor den Arbeitern hinter den Ecken der Hallen, lauschte von seinem Versteck aus ihren Stimmen und schaute immer wieder zu den Kränen hoch; stellte sich vor, dort oben zu sitzen und das ganze Gelände im Blick zu haben. Er kickte Steine quer über die Gassen zwischen den Baracken, immer aus dem Schatten in den nächsten Schatten quer über die prallen Sonnenrinnen. Er zog sich das T-Shirt aus, als es immer heißer wurde, und band es sich um den Kopf wie ein Wüstenbewohner. Er stahl eine kleine Flasche Cola, die im Schatten neben einer geschlossenen Tür eines Verwaltungsgebäudes stand, schlug den Verschluss am Fenstersims daneben ab und trank die Flasche in einem Zug leer, ohne sich dabei Gedanken wegen der scharfen Glaskanten zu machen. Die ganze Zeit gab er sich Mühe, nicht an den seltsamen Jungen vom Vortag zu denken, aber gerade deshalb dachte er die ganze Zeit an ihn.

Als die Sonne direkt über ihm stand, fand er sich auf dem Friedhof wieder. Dieser schloss gleich an das Hafengelände an; in einer Art Senke neben der Böschung zum Auwald, am Fuße einer Treppe aus steinernen Stufen, die von einer kleinen Kapelle herabführten, befanden sich die Gräber der unglücklichen Verstorbenen. Hier gab es auch eine Wasserleitung, die senkrecht aus dem Boden ragte und nach zwei Wendungen in einen Hahn mündete. Martin riss sich das Shirt vom Kopf, drehte das Wasser voll auf und hielt Gesicht und

Schultern darunter. Er schüttelte den Kopf, Wassertropfen spitzten von seinen kurzen dunklen Haaren wie von einem Fell nach allen Seiten. Anschließend streunte er, tropfnass wie er war, über den Friedhof, betrat vorsichtig die schmalen Erdwege zwischen den Gräbern und suchte schließlich im Schatten der alten Bäume, die den Friedhof wie eine Wand umgaben, Schutz vor der Sonne. Dort saß er im Efeu, zurückgelehnt an einen Stamm und hatte vor den geschlossenen Augen noch ein Grab im Sinn, dessen Inschrift ihm gleich aufgefallen war, weil sie vom Tod eines Elfjährigen, »ertrunken durch fremde Hand«, im Jahre 1904 berichtete.

Diese Inschrift las eine Stimme plötzlich laut vor, als Martin so dasaß, ein Stück weit in den Schlaf getragen durch das stille Hitzeflirren des Mittags um ihn herum, sodass ihm die näherkommenden Schritte nicht aufgefallen waren. Doch die Stimme, rau und laut und gar nicht so feierlich wie Stimmen üblicherweise auf einem Friedhof, riss ihn unvermittelt aus dem Halbschlaf.

»Bist du wieder da«, stellte die Stimme abschließend fest, nicht als Frage betont.

Martin sah auf und blickte direkt ins Gesicht des Jungen vom Vortag. Er rappelte sich hoch, fuhr sich durch die Haare, in denen selbst hier im Schatten der Schweiß klebte, und sagte trotzig: »Bin ich.«

»Und wieso?«

»Wieso nicht?«

»Wieso gestern und heute schon wieder und vorher noch nie.«

»Das kannst du ja nicht wissen, ob ich vorher schon einmal da war.«

»Kann ich doch. Weil ich meistens da bin.«

»Aber sicher nicht immer.«

»Fast immer.«

»Na und? Jetzt bin ich halt da. Stört es dich?«

»Warum sollte es mich stören?«

»Warum redest du dann so, wenn es dich nicht stört?«

»Red keinen Scheiß.«

»Ich red keinen Scheiß. Du redest Scheiß.«

»Du kannst auch tauchen gehen, wenn du nicht dein Maul hältst.«

»Darin hast du ja Übung. Ich hätte dich gestern ersaufen lassen sollen.«

»Ich wäre nicht ersoffen, Idiot.«

»Selber Idiot, du Depp.«

»Selber Depp. Oberdepp.«

Die zwei Jungen, beide hitzig im Gesicht und die Zähne zusammengebissen, beide mit geballten Fäusten und ihr Gewicht auf dem rechten, nach vorn gestreckten Bein abgestützt, beide so einander gegenüberstehend und wie auf dem Sprung.

Noch bevor die Streithähne übereinander herfallen konnten, kam der alte Friedhofswärter die paar Stufen vor der Kapelle herunter, weißhaarig und mit einer roten Nase, in der einen Hand eine Gießkanne, in der anderen den Schlüssel für das kleine Haus in der hintersten Ecke des Friedhofes, in dem die Toten aufgebahrt lagen. Er rief ihnen etwas zu, das sie nicht verstanden, weil sie in ihrer Wut nur Ohren für das Rauschen ihres eigenen Blutes hatten, aber seine Anwesenheit entging ihnen nicht, und wie auf eine stumme Absprache, als wären sie einander zumindest in diesem einen Punkt einig, rannten sie quer über den Friedhof, die Stufen zur Kapelle hinauf und auf der anderen Seite die Böschung wieder hinunter in den Auwald. Dort verschwanden sie zwischen den Bäumen; und das Ganze so schnell, dass dem Friedhofswärter nicht einmal Zeit geblieben war, sich nach ihnen umzuschauen.

GESICHTSLOS

Das Innere des Gebäudes war als Buchhandlung mit einem kleinen Café in einer Ecke eingerichtet. Rundum verliefen raumhohe Regale. An den Wänden aber, an denen es keine gab, hingen großformatige Fotos, die ein kurzer Text nahe beim Eingang als extreme Detailansichten von Alltagsgegenständen erklärte, von einem jungen Künstler gestaltet, der das hiesige Gymnasium besuchte und soeben erst die Matura abgelegt hatte. Nur eine Kundin stöberte in einem der Regale herum. Ob sie ihm helfen könne, rief ihm eine zweite Frau zu. Sie saß am hintersten der Kaffeehaustische. Vor ihr standen eine Tasse und eine Flasche Mineralwasser, aus der sie sich eingoss, als Thomas auf sie zuging. Die Frau erschien Thomas an die vierzig, sie hatte kurze braune Haare und einen dunklen Teint. Sie war recht füllig, fast hatte es den Anschein, als lägen ihre Brüste auf der Tischplatte auf. Sie trug ein weites schwarzes Shirt, dazu eine schwarze Hose aus dünnem Stoff und hatte die Beine seitlich vom Sessel, auf dem sie saß, abgestreckt. Sie machte auf Thomas einen offenen, ja leutseligen Eindruck. Obwohl sie ihren Kaffee austrank, während Thomas sich vorstellte und sein Anliegen erklärte, wirkte sie sehr interessiert.

Sie deutete mit der Gabel auf die Bilder, die Thomas mitgebracht hatte: »Lassen Sie mal sehen!«

Thomas hatte die Bilder an einen Tisch gelehnt, nun nahm er eines hoch und löste die Klebestreifen an der oberen Seite. Er klappte die Plastikverpackung weg und zog das Bild heraus, nahm es in beide Hände und hielt es vor sich. Das Bild verdeckte Thomas' Kopf und Oberkörper und zeigte eben diesen Teil einer Gestalt ohne erkennbare Gesichtszüge. Eine flache fleischfarbene Fläche starrte die Betrachterin an, in braunem Gewand vor einem braunen Hintergrund. Einsam stand diese Gestalt in einer Umgebung, zu der sie genauso wenig Bezug zu haben schien wie zu einer zweiten Gestalt ein Stück abseits und ein paar Schritte zurückgerückt. Das Gewand dieser zweiten Figur ging ins Bläuliche, insofern hob sie sich vom Rest des Bildes ab und zog den Blick des Betrachters wie die Gedanken der ersten Figur auf sich.

Die Frau musterte das Gemälde eine Zeit lang, dann sagte sie: »Ist das Ihre Sicht von Menschen?«

»Das ist meine Sicht von Menschen aus meinen Erinnerungen«, antwortete Thomas. Er ließ das Bild ein Stück sinken, sodass Blickkontakt zu der Frau entstand. »Aus den Flashbacks meines Lebens sozusagen.«

Die Frau lächelte. Sie heiße Margit, sagte sie dann, und fände das Bild sehr interessant; ob sie das zweite auch sehen dürfe?

»Gut«, meinte sie, als Thomas das zweite Bild auspackte, »dass es auch solche Erinnerungen gibt.«

Thomas sagte nichts darauf. Die beiden Figuren auf dem Bild waren bis zur Brust abgebildet und einander zugeneigt, zwei junge Männer, so viel konnte man sagen, obwohl auch diesmal die Gesichter nur angedeutet waren. Der Kopf des einen lag leicht auf der Schulter des anderen, beide nackten Körper waren von einem helleren Blau als ihre Umgebung und irgendwie waren ihre Umrisse verwischt; als würden sie ineinanderfließen, und dabei ging eine große Ruhe von ihnen aus.

»Das ist sehr schön«, sagte Margit leise. Die Verletzlichkeit dieser Figuren berührte sie auf eine Weise, die sie nicht näher benennen konnte. Und nach einer weiteren Weile erkundigte sie sich, wie viele Bilder er denn für eine Ausstellung habe.

Das könne er nicht sagen. »Ich meine, ich habe sie nie gezählt. Aber ich habe für mich schon eine Vorauswahl getroffen. Jetzt sind es zwanzig, die ich für eine Ausstellung geeignet halte.« Er machte eine weite Geste, die den Bereich des Kaffeehauses umfasste: Also bei Weitem genug für diesen Raum. »Und von den anderen habe ich Fotos gemacht.« Er zog ein Kuvert hervor, öffnete es und legte einen kleinen Stapel Fotografien vor Margit auf den Tisch: »Damit Sie einen Eindruck bekommen.«

»Lassen Sie die beiden Bilder doch hier«, schlug Margit vor, ihr Mann sei gerade unterwegs und sollte auch einen Blick darauf werfen. Er komme am späten Nachmittag wieder nach Hause. Gegen Abend könne Thomas eine definitive Antwort bezüglich einer Ausstellung erwarten. »Ich bin aber sicher, dass sie ihm gefallen.«

Thomas schaute an ihren Augen vorbei, als er sich von ihr verabschiedete.

UNSICHTBAR

Allmählich wurde das Rauschen des Blutes in den Ohren der Jungen durch jenes der Donaustrudel ersetzt. Eine Zeit lang standen sie einfach am Ufer, und die Hitze und das gleißende Licht brannten ihnen in den Augen. Bald wussten sie gar nicht mehr so recht, weshalb sie eigentlich hier standen. Doch zu sehr hatte Martin noch das unbestimmte Gefühl, in das Revier des anderen Jungen eingedrungen zu sein, als dass er die Initiative übernommen hätte, etwas anderes zu tun, als einfach dazustehen. Erst als der andere über die Steine am Ufer kletterte, dabei das Shirt auszog, die Sandalen von den Füßen flogen und er kurzerhand kopfüber ins Wasser sprang, sich ein Stück treiben ließ und dann mit ein paar kräftigen Schwimmbewegungen zum Ufer zurückfand, wieder herauskletterte, sich ins Gras fallen ließ, er dort mit ein paar nassen Strähnen seiner halblangen dunkelblonden Haare über den Augen auf dem Rücken lag und sich sein Brustkorb hob und senkte, und die Haut glänzte wie mit einer hauchdünnen Schicht Glas überzogen, kam auch in Martin Bewegung. Er trat ein paar Schritte auf den Jungen zu, blieb dann aber stehen. Er schaute sich um, ohne nach etwas Bestimmtem zu suchen oder vielleicht sogar ohne sich bewusst zu sein, dass er sich umschaute, und setzte sich schließlich auf einen der Steine am Ufer und steckte die Füße ins kühle Wasser.

»Das tut gut!«, seufzte er und warf dem anderen Jungen einen raschen Blick zu, wandte sich aber gleich wieder dem Fluss zu und sagte: »Ich bin der Martin«, und wie um sich selbst daran zu hindern, es sich doch noch anders zu überlegen im selben Atemzug: Er habe am Vortag wirklich an ein Unglück geglaubt, und es tue ihm leid, er suche keinen Streit; dann verstummte er, weil ihm die Luft und die Worte ausgingen.

»Ist schon in Ordnung … Ich bin der Thomas.«

»Ich wollte wirklich nicht …«

»Vergiss es«, unterbrach ihn Thomas.

Stille für eine Zeit lang, denn das Wasserplätschern empfanden beide nicht als ein Geräusch für sich, das gehörte einfach zu dieser Umgebung. Martin starrte aufs Wasser, Thomas in den Himmel, so verging ein Teil des Nachmittags.

Bevor Thomas sich aufsetzte und sein T-Shirt wieder anzog, sagte er: »Weißt du, wenn ich so im Wasser treibe, dann bin ich unsichtbar.« Und einen Moment, bevor er zwischen den Bäumen verschwand, setzte er nach: »Und morgen komm ich wieder hierher.«

WIEDERSEHEN

Martin betrachtete die beiden Bilder mit klopfendem Herzen. Er schaute von einem zum anderen, von einer der Gesichtsflächen und einer der Figuren zur anderen. Vor seinem inneren Auge veränderte sich die Umgebung der Figuren, zogen sich die Farben zusammen, mischten sich neu und wurden zu einem konkreten Baum, dem abgeplatzten Putz auf der Mauer der Kapelle, einem eisernen Grabkreuz im Hintergrund. Das Blau auf dem zweiten Bild gerann und erstarrte zu einem Gebüsch am Ufer silbergrauer Wellen und zu niedergetretenem Gras, dort, wo sie eben noch gelegen waren, dort, wo die Umarmung der beiden Jungen ihren Platz gehabt hatte. Was Margit, die ihre linke Hand locker auf Martins Schulter gelegt hatte, interessant erschien, weil man alles mögliche hineinlesen konnte, war für ihn augenblicklich zu ganz konkreten Szenerien seiner Erinnerung geworden.

Martin wandte sich von seiner Frau ab, weil er fürchtete, sie würde sein Zittern spüren. Er lief zum erstbesten Regal, zog willkürlich ein Buch heraus und stellte es gleich wieder hinein.

»Und er kommt wieder?«, fragte er mit gezwungen unbeteiligter Stimme und konnte sich nicht vorstellen, dass Margit keinen Verdacht schöpfte.

Doch sie meinte nur: »Wir sind so verblieben, dass er am Abend wiederkommt.«

»Wir müssten Daniels Fotos abnehmen.«

»Die Vernissage war im Mai. Es wäre an der Zeit für etwas Neues. Du weißt, dass sie nur deshalb noch hängen, weil wir die Blumenbilder dieser hobbymalenden Zahnärztin so schrecklich fanden.«

Martin traute sich den nächsten Satz kaum auszusprechen. »Und …« Er zögerte. »Wie ist er, dieser Maler?«

»Sympathisch …« Sie lachte auf. »Es umgibt ihn keine so mysteriöse Aura wie seine Bilder.«

»Hast du …« Das Läuten des Telefons unterbrach ihn.

»Ich geh ran!«, rief Margit. »Vielleicht ist das der Daniel!«

Sie nahm den Hörer am Apparat neben der Kassa ab. Die Freude in ihrer Stimme zeigte Martin, dass ihre Vermutung zutraf. Normalerweise wäre Martin neben seiner Frau stehen geblieben. Er hätte versucht, so viel wie möglich von dem Gespräch mit seinem Sohn mitzukriegen, hätte Daniel Grüße zugerufen und sich lachend immer wieder eingemischt. Doch heute tat er nichts davon. Er trat zu einem der Fenster und spähte hinaus. Auf der anderen Straßenseite war ein Auto geparkt, das er nicht kannte. Und als er sich umdrehte, stand Thomas in der Tür.

Er stand nur so da und sah Martin entgegen. Zwei, drei Schritte kam Martin noch vorwärts, dann war ihm, als wäre er am Boden festgeschraubt. Thomas' Blick zog ihn in seine Richtung und drängte ihn gleichzeitig zurück. Thomas kam auf Martin zu, aber das änderte nichts, das Blickband blieb so straff gespannt wie zuvor. Dann blieb Thomas vor Martin stehen. Sie sahen einander an, und keiner von ihnen sagte ein Wort. Nur Margits Unterhaltung am Telefon sorgte für eine Geräuschkulisse.

Als die Anspannung unerträglich zu werden drohte, als sie ihn fast zerriss, deutete Martin in Richtung der Kassa und sagte: »Mein Sohn. Er ruft alle zwei, drei Tage an. Er hat die Matura gemacht und ist mit zwei Freunden auf Europatrip. Mit der Bahn.«

Er unterbrach sich selbst: »Du mit Glatze!«

Thomas grinste. »Und du mit Bauch!«

»Aber nur einem kleinen …«

Sie standen da und schauten einander in die Augen. Die leichten Worte des ersten Wiedersehens, mit einem Lächeln dahingesagt, bekamen mit einem Mal einen ganz ernsten Unterton.

»Du, wenn du wüsstest …«

»Wenn *du* wüsstest! Seit damals ist …«

»So vieles ist geschehen …«

Und erst als Margit den Hörer auflegte und zu ihnen kam, fingen sie an, sich zu verstellen, und wurden zu Männern, die sich eben erst kennengelernt hatten.

EINE STUNDE

Er stand er schon seit über einer Stunde hier herum. Es war lang nach Mitternacht, und er drückte sich in den Hauseingang schräg gegenüber der Bar, die ihm wie eine zweite Welt hinter einem Spiegel erschien. In seinem Kopf ging ihm sein Leben herum, was daraus hätte werden können, wäre er damals nicht davongelaufen, und was daraus schließlich wurde. Da waren all die Bilder, die Empfindungen und Vorstellungen, die in ihm im Laufe der Zeit entstanden waren und die in ihm gewuchert hatten, bis sie alles andere überlagerten, die ihn heimsuchten und marterten und einfach nicht in Ruhe ließen. Der Lärm der Autos auf der Hauptstraße um die Ecke war nicht so laut wie das Toben des Chaos aus Gefühlen in ihm. Und so stand er da und behielt den Eingang der Bar gegenüber im Blick. Er sah Männer an der Glocke neben der Tür klingeln und hörte das Surren, als könnte es wirklich den Lärm in seinem Kopf übertönen, sah die Männer dann die Bar betreten, und andere sah er herauskommen, allein oder auch zu zweit. Einer blieb für einen Moment stehen und schlug den Kragen seiner Jacke hoch, ein anderer zog den Schal fester um den Hals, und dann gingen sie los und verschwanden im Dunkel der nur spärlich beleuchteten Gasse. Alle erschienen sie ihm begehrenswert, weil sie waren, was sie waren und was auch er war, obwohl er damals vor dieser Erkenntnis davongelaufen war, und im Gegensatz zu ihm versteckten sich diese Männer nicht. Auf einmal schreckte er hoch, weil ihn eine Stimme fragte, ob er auf der Suche sei. Er war doch so sehr auf den Eingang der Bar konzentriert gewesen, dass ihm gar nicht aufgefallen war, wie dieser Junge näher gekommen war, und er rückte ein Stück von ihm ab; trotzdem vermischten sich ihre Atemwolken in der kalten Luft. Er sagte, das käme drauf an, und versuchte, so zu klingen, als hätte er nicht im Grunde genommen die ganze Zeit auf einen solchen Jungen und eine solche Frage gewartet, und obwohl er sich bemühte, konnte er nicht viel vom Gesicht des Jungen erkennen, weil es halb unter der Kapuze eines Sweaters verborgen war. Eine Jacke hatte der Junge nicht an, und ihm ging durch den Kopf, dass er zweifellos fror, und während er das noch dachte, hörte er den Jungen sagen: Vielleicht habe er ja gefunden, wonach er suche, und dabei führte der Junge die Zigarette zum Mund und nahm einen Zug. Die Antwort »Dich?« endete in einem Husten, weil er schlucken musste und gleichzeitig eigentlich noch am Reden war, und der Junge blies den Rauch in seine Richtung und meinte, er sei es wert, gefunden zu werden, und dabei schob er sich die Kapuze vom Kopf und trat gleichzeitig zwei Schritte zurück. Jetzt schnitt der Schein einer Straßenlaterne sein Gesicht aus dem Schatten. Der Junge war sehr jung und sehr schmal und grinste ihn auf eine Weise an, die ihm unverschämt und gleichzeitig aufreizend vorkam. Auf die Frage, ob er zu viel versprochen habe, schüttelte Martin nur den Kopf, er sei sehr hübsch und wisse das wohl auch, und auf die Nachfrage, ob er Lust auf ihn habe, antwortete Martin mit der Gegenfrage nach dem Preis und einem möglichen Ort, und nachdem ihm der Junge den Preis und ein Hotel genannt hatte, nur fünf Minuten zu Fuß entfernt und gar nicht teuer, gingen sie los. Beim Gehen kriegte er kaum mehr Luft vor Herzklopfen, und der Junge ging ihm voraus, und dabei fiel kein Wort, und dann waren sie auch schon bei dem Hotel, das man von außen nicht für ein Hotel gehalten hätte. Er zahlte für ein Zimmer und hätte nicht sagen können, wie der Mann an der Rezeption ausgesehen hatte, und sie gingen eine schmale Treppe hinauf, und er nahm nicht wahr, wie abgetreten der Belag auf den Stufen war und wie zerschlissen die Tapeten, weil er all seine Konzentration darauf richten musste, das Zittern, das ihm in jeder Faser des Körpers saß, in Zaum zu halten. Oben angekommen, hielt er dem Jungen den Schlüssel hin, weil er fürchtete, ihn nicht ins Schloss zu kriegen, und der Junge sperrte auf und ging ins Zimmer, und Martin stieg über die Schwelle und war sich auf einmal erschreckend bewusst, was er gerade tat, und dass die Bewohner seines anderen Lebens wahrscheinlich schon schliefen und keine Ahnung davon hatten, was er tat. Er schüttelte diese Gedanken ab, bevor er hinter sich die Tür schloss. Der Junge drehte sich zu ihm um und sagte »Vorauskassa«, und Martin bezahlte ihn, und der Junge zog sich schon den Sweater über den Kopf und das Shirt darunter auch und öffnete den Reißverschluss der Jeans. Martin schloss die Augen. Er hatte die Arme eng an den Körper gelegt und die Fäuste geballt, und als er die Augen wieder öffnete, stand der Junge ganz nackt vor ihm, und zum ersten Mal seit zwanzig Jahren bot sich ihm ein nackter Männerkörper an. Martin presste die Lippen zusammen, um das Stöhnen zu unterdrücken, das seine Brust zu sprengen drohte, denn er wollte dem Jungen keine Angst machen. Der Junge fragte, ob das alles neu für ihn sei, und er antwortete nichts darauf, und der Junge kam auf ihn zu und lächelte ihn an und sagte, er solle nicht nervös sein, und dann nahm er seine Fäuste in seine Hände, ganz sanft machte er das, weshalb sich die Finger wie von selbst voneinander lösten, und der Junge sagte, dass er ganz kalte Hände habe, und blies leicht darauf und dabei berühren seine Lippen seine Haut. Dann begann der Junge, Martins Jacke aufzuknöpfen, und ihm war, als würde er jetzt nicht nur in eine Welt hinter einem Spiegel blicken, wie so oft schon voller Sehnsucht und Begierde, sondern als wäre er selbst ein Bewohner dieser zweiten Welt und als wäre ihm auf einmal die erste Welt, in der er doch den Großteil seines bisherigen Lebens verbracht hatte, die Welt, in der er sich sein Leben mit seiner Frau und seinen Kindern aufgebaut hatte, ganz und gar fremd.

Und in der Stunde, die darauf folgte, durchlebte er einen Rausch, ein Aufbrausen, er erlebte seine Sinne zum ersten Mal seit so langer Zeit, er lebte zum ersten Mal seit zwanzig Jahren als ganzer Mensch, als ganzer Mann, der einen anderen Mann auf die so lang ersehnte Weise berührte. Als er den Mund eines Mannes küsste und an den Lippen und der Zunge eines Mannes saugte und die Haut eines Mannes fühlte und über die Halsmulde und die Brustwarzen eines Mannes leckte und den Druck der Hand eines Mannes im Nacken spürte, und diese Hand dann in die Spalte zwischen seinen Hinterbacken fuhr und von dort aus seine Hoden massierte und die Lippen, die er eben noch geküsst hatte, die Spitze seines Schwanzes umschlossen, und später auch er einen Schwanz schmeckte, und als er dann diesen Schwanz ganz in sich drinnen spürte, mit dem Schmerz und der Lust, die damit verbunden waren, da gab es nur noch diese zweite Welt, die für ihn zur ersten, zur einzigen wurde, und der Sturm in seinem Kopf und seinem Körper riss mit sich und spülte mit sich, was er einmal gewesen war, und er ertrank in diesen Wogen. Und tauchte schließlich doch wieder aus ihnen auf und lag da und atmete und nahm kaum wahr, dass der Junge aufstand und sich anzog und sich nochmals zu ihm beugte und ihm fast zärtlich, so kam es ihm vor, über die Wange strich und mit leiser Stimme fragte, ob es denn das gewesen sei, das er gesucht habe, woraufhin Martin nur lächelte und nickte und sagte: »Danke, du weißt nicht, wie dankbar ich dir bin.« Dann war der Junge auch schon fort, und Martin blieb allein zurück in dem Zimmer und lag allein auf dem Bett, auf dem er soeben noch zusammen mit einem anderen Mann gelegen war, und erst nach einiger Zeit stand er auf und sammelte seine Kleidungsstücke ein und zog sich langsam an und vermied dabei den Blick in den Spiegel an der Wand neben der Tür. Dann stand er vor dem Fenster, und draußen war tiefe Nacht, und er sah sein Gesicht im Fensterglas und sah sich gleichzeitig wie von außen dabei zu, wie er aus dem Fenster schaute. Das Fenster war wie der Spiegel, draußen war eine Welt, zu der er nicht mehr gehörte, nicht nach dem, was in der letzten Stunde geschehen war, das, was er beim besten Willen nicht mehr als Jugendsünde abtun konnte, selbst wenn er das gewollt hätte. Er wandte sich ab und suchte mit den Augen nach seiner Brieftasche und fand sie auf dem Boden neben dem Nachtkästchen, und als er sie einstecken wollte, klappte sie auf und er blickte geradewegs auf die Gesichter seiner Frau und seiner Tochter und eines hübschen Sechzehnjährigen mit kurzen Haaren und weißen Zähnen, der sein Sohn war und nicht viel jünger wirkte als der Junge, mir dem er gerade geschlafen hatte. Seine Familie schaute ihn an, als wüsste sie alles, und sein Herz zog sich zusammen vor Hilflosigkeit und Schmerz, und auf einmal fingen die Wände des Zimmers an sich zu bewegen, sie bewegten sich aufeinander zu, und wenn er hier drinnen blieb, würden sie ihn früher oder später zermalmen, dessen war er sich bewusst, aber ebenso, dass er nicht so einfach hinauskonnte in die Welt, aus der er gekommen war und die nicht mehr die seine war. Er wandte sich dem Wandspiegel zu und trat näher an ihn heran, bis er in diesem Spiegel das Gesicht eines Menschen sah, den er nicht kannte, eines Menschen, der in keiner der beiden Welten einen Platz hatte, weil er im Raum zwischen ihnen gefangen war. So stand er da und sah, wie dem Mann im Spiegel Tränen über die Wangen liefen, und er wartete darauf, dass das Glas unter seinem stummen Schrei zerbarst und er begraben würde unter tausend Splittern und Scherben, die ihm das Leben nehmen würden.

DAMALS IST VORBEI

Rasch war ausgemacht, dass Thomas die restlichen Gemälde am Samstag der kommenden Woche liefern sollte. Übers Wochenende könnten sie die Bilder durchsehen und einen Entwurf für die Einladungen zur Vernissage machen, schlug Margit vor, und ob ihm Anfang September als Termin recht wäre. Sie stand mit Thomas allein neben der Kassa, während sie weitersprach: Es gäbe in unregelmäßigen Abständen Ausstellungen, abhängig von der Qualität der angebotenen Bilder. Außerdem immer wieder Kabarettabende oder kleine Theateraufführungen im ehemaligen Kinosaal, letztes Jahr waren auch Stummfilme mit Klavierbegleitung gezeigt worden, ihr Sohn Daniel sei dabei als Pianist aufgetreten, er sei ja wirklich talentiert, wolle im Herbst aber mit einem Jusstudium beginnen, also etwas ganz anderes. Sie verdrehte die Augen.

Ob sie nur den Sohn habe, fragte Thomas, und Margit meinte Nein, eine Tochter auch noch, die sei sehr sprachbegabt, sie arbeite im Moment als Au-pair in Frankreich, in St. Malo in der Bretagne, ob er die Gegend kenne?.

Thomas verneinte. »Und die Buchhandlung und das Café betreiben Sie auch noch!«, stellte er fest.

»Der Buchladen gehört meinem Mann, ich selbst bin Lehrerin am Gymnasium. Deutsch und Philosophie. Und im Café gibt's wirklich nur Kaffee und Erfrischungsgetränke, also keine Speisen. Es dient der Unterstützung der Buchhandlung, zur Steigerung des Wohlfühlfaktors sozusagen.«

Thomas ließ den Blick durch die Räume schweifen. »Ich bin sicher, dass sich hier alle wohlfühlen.«

Margit fuhr mit beiden Händen in der Luft herum. »Bei uns geht es sehr ungezwungen zu. Ich glaube, das ist auch der Grund, weshalb es uns gelingt, so vieles auf die Beine zu stellen.« Sie unterbrach sich. »Ich weiß nur nicht, wo mein Mann ist.« Sie sah sich um und strich sich dabei eine Haarsträhne aus der Stirn. »Gerade war er noch da, jetzt ist er verschwunden.« Sie lachte. »Aber er wird schon kommen. Ich werde inzwischen mal den Vertrag ausdrucken«, meinte Margit und verschwand im Büro hinter der Kassentheke.

Fast gleichzeitig trat Martin hinter einem Regal hervor. Er hatte sich vorhin, als sie noch zu dritt waren, nach ein paar Sätzen entschuldigt und war die Treppe zum ersten Stock hinaufgelaufen. Thomas war nicht aufgefallen, wann er wieder zurückgekommen war. Doch dass Martin dort in seinem Rücken stand, halb beschienen von einer der Regalleuchten, halb im Schatten, das spürte Thomas. Er drehte sich um und jeder blieb, wo er war, und keiner brachte ein Wort heraus. Die Blicke, ihre Augen, ihre Gesichter genügten ihnen. Sie erkannten nach und nach darin die Gesichter, die Augen, die Blicke der Jungen wieder, die sie einmal gewesen waren.

»Ich möchte dich treffen«, sagte Thomas dann doch ganz leise. Margit war wieder aus dem Büro aufgetaucht und setzte an der Kassa eben ihre Unterschrift unter den Vertrag. »Nur wir beide. Ich möchte, dass wir Zeit füreinander haben.«

Martin antwortete erst, als Margit schon fast wieder bei ihnen stand: »So wie damals ...« Und schüttelte dabei wie in Zeitlupe den Kopf.

»Damals ist heute«, sagte Thomas.

Doch Martin entgegnete: »Damals ist vorbei.«

GOLDENE HOCHZEIT

Thomas stand vor dem Schrank im Schlafzimmer seines Vaters, blickte in den mannshohen Spiegel, der auf der Innenseite einer der Türen angebracht war, und ärgerte sich über sich selbst, weil er ewig herumüberlegte, was er anziehen sollte. Drei T-Shirts lagen auf dem Ehebett, ein viertes hatte Thomas gerade übergezogen. Größer war die Auswahl ohnehin nicht, und außerdem war er sich gar nicht sicher, ob Martin heute wieder an dem Platz am Ufer der Donau auftauchen würde, ja, ob er es überhaupt wert war, dass er sich seinetwegen Gedanken machte. Das Problem war nur, dass Thomas ihn nicht aus dem Kopf bekam. Den ganzen gestrigen Abend und die ganze Nacht war er ihm darin umhergegeistert. Thomas hatte nur daran denken können, wie ihn Martin aus dem Wasser gezogen und wie er auf seinen unbeherrschten Ärger so anders reagiert hatte als die Burschen, mit denen Thomas in seiner Familie und der Schule zu tun hatte. Beim Gedanken daran, dass Martin heute vielleicht doch nicht auftauchen würde, zog es Thomas das Herz zusammen, bei der Vorstellung, dass er es tat, war es nicht viel besser.

Thomas zog sich das Shirt über den Kopf und wandte sich um. Obwohl der Krebstod seiner Mutter nun schon fast fünf Jahre her war, stand das Doppelbett im Schlafzimmer da wie eh und je. Polster und Decken waren auf beiden Seiten überzogen, die Häkeldeckchen der Mutter lagen immer noch auf den Nachtkästchen, das gerahmte Hochzeitsfoto stand auf der Seite der Mutter. Selbst im engen Vorzimmer der kleinen Mietwohnung hing ein Mantel der Mutter, stand ein Paar ihrer Schuhe genau darunter: Als putzte sie gerade im Wohnzimmer den Einbauschrank mit Möbelpolitur oder kochte in der winzigen Küche das Essen für ihren Mann und ihren Sohn, der eine würde bald von der Arbeit nach Hause kommen, der andere aus der Schule. Nur in Thomas' Zimmer gab es nichts, das an die tote Mutter erinnerte, nicht einmal ein Foto.

Die Gedanken an die Mutter lenkten Thomas ab und machten ihn unvorsichtig. Geistesabwesend drehte er sich zum Spiegel zurück und sah hinein, ohne vorher in seinem Kopf die Bilder auszusortieren, die er nicht sehen wollte. Deshalb stand ihm auf einmal der dreizehnjährige Thomas in Schlüpfer und BH gegenüber.

Als er gezwungen worden war, die Frauenunterwäsche zu tragen, feierten eine Tante und ein Onkel ihre Goldene Hochzeit. Thomas ging nicht gern auf Familienfeiern, weil er genau wusste, wie sich dort alles entwickelte. Die Erwachsenen würden nichts anderes tun, als sich zu betrinken, und wenn sie erst einmal genug angetrunken waren, würden sie ihre Hauptbeschäftigung darin finden, zunächst über die, die nicht anwesend waren, und später dann über die Schwächsten in der Runde herzuziehen; und am untersten Ende der Kette stand immer Thomas.

Thomas mochte keinen Alkohol, er konnte den scharfen Geschmack nicht ausstehen. Die Verwandten wussten darüber Bescheid, und wenn sie alle mehr oder weniger betrunken waren, zwangen sie ihn immer, ein paar Gläser auf einen Zug auszutrinken, so lang, bis Thomas nicht mehr konnte und alles wieder auf den Boden kotzte. Darüber schütteten sie sich schier aus vor Grölen und Lachen; Thomas' Vater stand den anderen Gästen darin nicht nach.

Die drei letzten Familienfeiern hatten so geendet. Diesmal wollte Thomas daheim bleiben, doch sein Vater hatte ihm Prügel angedroht, wenn er nicht mitkäme. Thomas hatte klein beigegeben und schon Nächte zuvor aus Angst nicht schlafen können. Und obwohl er glaubte, sich auf das Ärgste eingestellt zu haben, verlief diese Feier noch schlimmer als erwartet.

Sie fand im Festsaal eines Gasthauses statt, die Tafel war mit Kerzen und Blumengestecken geschmückt. Viele Frauen hatten massige Körper und ihre dicken Gesichter aufdringlich geschminkt. Die älteren der Männer waren klein und hatten geschwollene rote Gesichter mit Nasen und Wangen voll aufgeplatzter Äderchen. Selbst die meisten der jüngeren Männer hatten einen Bierbauch. Thomas war es, als gehörte er nicht dazu, als beobachtete er die einzelnen Szenen, aus denen sich die Feier wie ein Puzzle zusammensetzte, wie ein Außenstehender. Die Frauen tratschten über jene Verwandten, die sie gerade nicht hören konnten, die Männer betranken sich systematisch. Alle paar Minuten standen sie auf und schwankten hinaus, entweder zur Bar, um einige zusätzliche Schnäpse zu kippen, oder aufs Klo, um ihre volle Blase zu entleeren.

Aufs Klo, das hatte Thomas für sich bereits entschieden, würde er besser nicht gehen; von früheren Feiern wusste er, dass es inmitten von pissenden und kotzenden Männern, die einander und sich selbst beweisen mussten, die Größten zu sein, für ihn schlichtweg zu gefährlich war. Einer hatte ihm einmal die Hose hinuntergezogen und sich über seinen Kinderpenis und darüber, dass er noch keine Schamhaare hatte, lustig gemacht; ein anderer hatte ihm, bewusst oder einfach schon zu betrunken, um ins Becken zielen zu können, auf die blank geputzten Festtagsschuhe gepisst. Anderen Kindern passierte das nicht, sie wurden von den Männern höchstens einmal aufgezogen, sonst aber blieben sie verschont. Den Grund, weshalb immer er das Ziel ihres aggressiven Spotts war, kannte Thomas nicht. Ihm war nur klar, dass er Strategien entwickeln musste, um ihnen so weit wie möglich aus dem Weg zu gehen. Leider war er dabei nicht sehr erfolgreich.

Zum Fest spielten zwei Musikanten, einer mit einer Ziehharmonika und der andere auf einem Keyboard. Thomas lernte zwar kein Instrument, für so etwas hätte sein Vater nie Geld ausgegeben. Dennoch fiel ihm auf, dass die Musikanten kein Gefühl für den Takt oder für unterschiedliche Tempi hatten. Ganz besonders arg war es, als sie anfingen zu singen. Sie hatten weinerliche Stimmen, die so gar nicht zum Image der harten Kerle passten, mit dem sich die männlichen Hochzeitsgäste gern umgaben.

Den dicken Tanten gefiel diese Musik, und zwischen den Essensgängen tanzten einige von ihnen miteinander. Sie wiegten ihre enormen

Hüften und konnten einander dabei oft gar nicht umfassen. Ihre Bäuche und Brüste rieben sich aneinander, und aus ihren Dauerwellenlöckchen lief ihnen der Schweiß übers Doppelkinn und in den Ausschnitt. Auch der Jubilar war bald betrunken. Er hatte mit jedem seiner männlichen Verwandten der Bar einen Besuch abgestattet. Wenn ihn seine Frau zurückzuhalten versuchte, stieß er sie grob von sich.

Dann fing die Gesellschaft mit den Saufliedern an. Am Ende jeder Strophe musste im Stehen ein Glas Wein in einem Zug ausgetrunken werden. Um nicht aufzufallen, nahm auch Thomas einen winzigen Schluck. Dies aber bemerkte eine seiner Tanten und stürzte sich auf ihn: Er wäre ein Baby und würde nichts vertragen.

Aber das war nur der Anfang. Bald schrie einer der Onkel, dass nur warme Brüder nichts vertragen würden und ob Thomas denn einer von denen wäre. Die Tanten schlugen sich auf ihre massigen Schenkel, und die Männer erzählten mit geifernder Stimme Schwulenwitze und konnten sich nach jedem vor Lachen kaum mehr einkriegen.

Auf einmal standen drei Cousins hinter Thomas. Zwei von ihnen packten ihn von hinten, eine Hand auf der Schulter, die andere unter dem Sitz, und hoben ihn in die Höhe, mitsamt dem Stuhl, auf dem er saß. Ein dritter Cousin sprang hinzu. Er war mindestens zwei Köpfe größer als Thomas und hatte einen spitzen Bauch. Er blies Thomas seinen Schnapsatem ins Gesicht und zischte ihm zu, dass er jetzt am eigenen Leib erleben würde, wie es einem wie ihm erging.

Die Cousins schleppten Thomas mitsamt dem Stuhl aus dem Saal. Über seine hilflosen Versuche, sich gegen sie zur Wehr zu setzen, lachten sie bloß. Zwei von ihnen trugen den Sessel, der dritte umklammerte Thomas' Handgelenke hinter seinem Rücken mit eisernem Griff. Thomas wusste nicht ein noch aus; er kniff die Augen zu und ließ geschehen, was geschah, und alles, was er denken konnte, war der Wunsch, dass bald vorüber sein würde, was auch immer sie mit ihm vorhatten.

Im Klo rissen ihn die Cousins vom Stuhl hoch, einer versetzte dem Sessel, der zu Boden polterte, noch einen Fußtritt. Dann rissen sie Thomas grob die Kleider vom Körper, bis er nackt vor ihnen stand, vornübergebeugt und die Hände schützend vor den Geschlechtsteilen. Thomas hatte zu diesem Zeitpunkt noch keine Vorstellung davon, was sie wirklich mit ihm vorhatten.

Ein paar Minuten später ertönte ein Tusch, das war mit den Musikanten offenbar abgesprochen, und die Cousins stießen Thomas in den Saal. Er trug einen Damenschlüpfer und einen BH. Die Unterwäsche war cremefarben und schmutzig und an manchen Stellen zerrissen; sie war ihm viel zu groß. Der BH verdeckte seine schmale, bleiche Brust und die Rippen nicht, und seine Arme und Beine standen wie Zahnstocher hervor. Dazu die geschwollenen Lippen und die roten Augen. Thomas atmete nicht, er hechelte wie ein durstiger Hund und zog den Rotz hoch, der ihm aus der Nase lief.

Als ihn die Cousins so in den Festsaal stießen und sich zwischen ihm und der Tür aufbauten, damit er nicht weglaufen konnte, war es für einen Moment totenstill im Saal. Dann aber brach die gesamte Hochzeitsgesellschaft in Geschrei und Gegröle und Gelächter aus, wie es Thomas noch nicht erlebt hatte. Die fetteste der Tanten rannte auf ihn zu und griff ihn sich, dazu setzte wilde Polkamusik ein. Er musste zuerst mit ihr und dann mit anderen tanzen. Dazwischen bekam er immer wieder einen Schluck Wein oder Bier aufgezwungen. Erst als er sich nicht mehr zurückhalten konnte und mitten auf die Tanzfläche kotzte, ließen sie ab von ihm. Thomas stolperte mit weichen Knien ein paar Schritte zurück und sank in einer Ecke des Raumes zu Boden. Dort kauerte er, blickte nicht auf und sehnte sich danach, unsichtbar zu sein. Erst als er glaubte, seinen Beinen wieder trauen zu können, verdrückte er sich in Richtung Klo, wo er seinen Anzug, das weiße Hemd und die Festtagsschuhe in der Pisse unter den Urinalen entdeckte. Seine Unterhose fand er nirgends. Und selbst die nassen und stinkenden Kleider erschien ihm besser als die Damenunterwäsche.

Dass sein Vater diesmal nicht mitgelacht hatte, war ihm entgangen. Dass er nicht eingegriffen hatte und ihm zur Seite gestanden war, hatte Thomas jedoch nicht verwundert. Erst am folgenden Tag erfuhr er, dass er Unterwäsche seiner Mutter getragen hatte. Dass die Cousins in die Wohnung eingebrochen und die Wäsche gestohlen hatten, war der einzige Kommentar, den der Vater zu der ganzen Angelegenheit abgab. Ohne dass sie beide darüber redeten, hatte er Thomas aber nie wieder dazu gezwungen, an einer Familienfeier teilzunehmen.

Thomas bekam das Bild von sich selbst im cremefarbenen Schlüpfer und BH seiner Mutter, das Bild, wie er es sich vorstellte, weil er es ja nie mit eigenen Augen gesehen hatte, dennoch nicht mehr aus dem Kopf. Und auch, als er vier Jahre später vor dem Spiegel an der Innentür des Schlafzimmerschranks seines Vaters stand und überlegte, was er für das Treffen mit Martin anziehen sollte, musste er sich zusammenreißen, um das Bild von damals zu vertreiben und stattdessen den Thomas zu sehen, der er jetzt war.

WER BIST DU?

Martin lenkte den Wagen ein Stück ins Gras, um den Feldweg nicht zu blockieren, und hielt direkt neben Thomas' schwarzem Golf. Offenbar war Thomas bereits eingetroffen, sie wollten einander am Ende des Weges treffen, der von hier in den Wald abzweigte. Martin bewegte sich langsam, wie mit Bedacht, in Wahrheit jedoch war es Unschlüssigkeit. Er wusste immer noch nicht, ob es klug war, Thomas hier zu treffen. Aber er sah sich selbst vor sich, zweiundzwanzig Jahre zuvor, und war sich bewusst, dass sich nicht wirklich etwas mit ihm verändert hatte und all sein Bemühen vergeblich gewesen war.

Schon damals, als er Thomas kennengelernt hatte, hatte er sich in seiner Verwirrung nicht zurechtfinden können. Thomas' Versprechen, wieder an den Platz am Donauufer zu kommen, hatte ihn eine Nacht lang wach gehalten. Martin hatte keine Ahnung, was er mit seinen Empfindungen für diesen Jungen anfangen sollte. Das, was er fühlte, seit er Thomas im Wasser treiben gesehen hatte, seit er ihn herausgezogen hatte und ihm zum ersten Mal von Angesicht zu Angesicht gegenübergestanden war und ihm in die Augen geschaut hatte, hatte von einem Moment auf den anderen all das auf den Kopf gestellt, was er bislang von sich selbst und die Rolle gedacht hatte, die er in seinem eigenen Leben spielen würde. Die überschäumende Freude, die er in sich spürte, wenn er bloß an diesen Jungen dachte, versetzte ihn in Todesangst.

Mit ähnlichen Gefühlen stand Martin über zwanzig Jahre später am oberen Ende des Feldweges Thomas gegenüber.

»Gehen wir ein Stück in den Wald«, meinte Martin und setzte sich augenblicklich wieder in Bewegung.

»Kein Problem«, sagte Thomas.

Doch ein paar Schritte weiter hielt Thomas bereits inne, und Martin blieb nichts anderes übrig, als es ihm nachzumachen.

»Wer bist du?«, fragte Thomas leise.

Ganz so wie über zwei Jahrzehnte zuvor im Auwald. Auch dort waren die beiden Jungen einander gegenübergestanden, und zwischen ihren Sätzen war oft geraume Zeit verstrichen.

»Wer bist du?« Damals war es Martin gewesen, der die Frage gestellt hatte.

»Was meinst du?«

»Wie würdest du einem, der dich gar nicht kennt, erklären, wer du bist?«

»Einem wie dir?«

»Einem wie mir.«

»Ich bin ich.«

Ein Grinsen. »Das sehe ich. Und ich sehe, dass du minimal kleiner bist als ich, und ich schätze ziemlich gleich alt wie ich, aber definitiv bist du blonder und …« Martin hielt inne und schluckte, doch bevor er an seinen Worten erstickte, musste es heraus: »Und dass du schön bist …«

»Ich bin nicht schön!«

»Für mich schon! Du bist so, dass ich dich nicht ertrinken lassen würde. Nie und nimmer. Ich würde dich retten, auch wenn du mich nachher noch so anschreien würdest!«

»Unter Einsatz deines Lebens?«

»Unter Einsatz meines Lebens.«

»Und wieso würdest du das tun?«

»Weil … du *du* bist.«

»Nein, weil du *du* bist.«

Jetzt grinste Martin. »Wir reden ganz schön viel Stuss zusammen!«

»Weil wir *wir* sind.«

»In diesem Punkt widerspreche ich dir nicht.«

»Brav. Dafür kriegst du eine Belohnung.«

»Und die wäre?«

»Ich stoße dich in den Fluss!«

»Nicht gut. Ich ertrinke nicht so gern wie du.«

»Also willst du eine Alternative.«

»Und die wäre?«

»Einen Kuss.«

»Einen Kuss? Ich küsse doch nur ...«

»Nur Mädels?«

»Genau, nur Mädels!«

»Mich nicht? Das glaub ich dir nicht!«

»Wieso nicht?«

»Weil ich mich sonst wieder in die Donau stürze, aber diesmal ohne Seil. Und dann musst du mich retten, weil du das ja versprochen hast. Unter Einsatz deines Lebens ... Wäre da ein Kuss nicht viel angenehmer?«

»Vielleicht hast du recht.«

»Ich hab immer recht, schöner junger Mann.«

»Also ...«

»Also der Kuss ...«

Auch jetzt, so lange Zeit später, im Wald unweit der kleinen Stadt, in der Martin gedacht hatte, Zuflucht finden zu können, stand dieser Kuss zwischen ihnen.

Denn als Thomas die Fragen stellte: »Wer bist du heute? Wer bist du geworden?« und sich vorbeugte, ohne eine Antwort abzuwarten, um den Kuss von damals zu wiederholen, da stürzte Martin davon, als wäre der Teufel hinter ihm her.

GEMEINSAM

Margit lag beim Schlafen wie immer auf der linken Seite, als Martin heimkam. Er war stundenlang ziellos in der Gegend herumgefahren; erst vor Mitternacht hatte er sich eingestanden, zu keiner Lösung für all die Fragen zu kommen, die in seinem Kopf umherwirbelten. In der Küche hatte er sich Tee gemacht, dann aber doch Wasser getrunken. Dann war er noch eine Zeit lang vor dem ersten Entwurf des Flyers gesessen, den Margit für die Ausstellungseröffnung zusammengestellt und für ihn auf dem Tisch hatte liegen lassen. Er hatte darauf gestarrt, ohne die Schrift lesen zu können; das ganze Blatt war für ihn so leer gewesen wie die Gesichter der Gestalten auf Thomas' Gemälden. Schließlich, als er beinahe vor Müdigkeit am Tisch eingeschlafen war, hatte er sich aufgerafft und war ins Schlafzimmer gegangen.

Obwohl Martin dort kein Licht machte und sich bemühte, sich so leise wie möglich auszuziehen, um in die Boxershorts und das Shirt zu schlüpfen, die er im Bett trug, drehte sich Margit mit einem Brummen auf den Rücken, sodass der Balken Vollmondlicht, der durchs Fenster fiel, genau ihr Gesicht beleuchtete.

Sie schlug halb die Augen auf. »Wie spät ist es?«

»Schon spät«, sagte Martin.

»Wo warst du so lange?«

»In Wien«, erfand Martin. »Ich hab mich mit einem Verleiher getroffen. Vielleicht kriegen wir ein paar Filme für eine Retrospektive von Literaturverfilmungen. Du weißt, dass mir das schon seit Längerem im Kopf herumgeht.«

Margit rieb sich über die Augen. »Das wäre nett …«

»Schlaf jetzt weiter.«

Ein neuerliches Brummen, dann drehte sie sich zurück in ihre

Schlafstellung. Schnell wurde ihr Atmen wieder tief und gleichmäßig; Martin nahm an, dass sie gar nicht richtig wach gewesen war. Margit wachte immer wieder für ein paar Momente auf, wenn er noch neben ihr las, und redete mit ihm, ohne sich am nächsten Tag daran erinnern zu können.

Martin legte die Jeans auf einen Sessel, hängte das Hemd über die Lehne, und dann stand er da und sah sich im nächtlichen Schlafzimmer um. Da waren der riesige Kasten aus abgebeiztem und dann weiß getünchtem altem Fichtenholz und der Apothekerschrank mit seinen vierundzwanzig Schubladen, die sie bei einem Antiquitätenhändler aufgestöbert hatten. Die drei fetten Barockengel, auf die sie auf einem Flohmarkt gestoßen waren. Das abstrakte Bild in Blau und Gold, das sie in einer winzigen Galerie in einem Hinterhof in Riga entdeckt hatten und in dem Margit einwandfrei den Kopf einer Madonna zu erkennen glaubte. Die meeresblau-türkis-weiß-karierte Bettwäsche, die eine von Margits Tanten einmal unverblümt als übergroße Geschirrtücher bezeichnet hatte, die ihnen selbst aber einfach gut gefiel. Die Unmengen an Büchern, die sie in mehreren überquellenden Regalen im ganzen Haus verstaut hatten und von denen einige nur Margit, andere nur er und die meisten sie beide gelesen und über die sie oft hitzig diskutiert hatten. Wie oft hatten sie schon beschlossen, Bücher auszusortieren und Platz zu schaffen? Doch jedes Mal waren ihre Versuche gescheitert, sie konnten sich von den Büchern einfach nicht trennen.

Und dann war da der geschnitzte Christus am Kreuz aus dem Grödnertal, den sie auf der Hochzeitsreise gekauft hatten, obwohl er ihr Budget damals gesprengt hatte. In das Gesicht dieses Christus blickte Martin, und weil er das schon so oft getan hatte, sah er die feinen Züge und die halb geschlossenen Augen trotz der Dunkelheit im Schlafzimmer. Solche Enttäuschung und Traurigkeit schien der Christus auszudrücken, dass es Martin das Herz zusammenzog und er ein paar Schritte zurückwich. Ihm war, als wären die Gefühle des Christus direkt auf ihn gerichtet und als wäre er der Grund für diese Empfindungen.

»Aber ich kann doch nichts dafür!«, entfuhr es Martin, bevor er sich rasch abwandte.

Jedes einzelne der Möbel, jeder einzelne der Gegenstände in diesem Raum und dem ganzen Haus waren Teil von Margits und seiner gemeinsamen Geschichte. Wie Könige hatten sie sich gefreut, wenn einer von ihnen ein Stück entdeckt hatte, dass es ihnen so erschien, als hätten sie die ganze Zeit schon danach gesucht. Das war ihr Leben, gemeinsam hatten sie es mit Menschen gefüllt, die ihre Freunde waren, natürlich an erster Stelle mit ihren Kindern, mit diesem Haus, dessen Renovierung sie in nächtelangen Gesprächen selbst geplant hatten, und dann mit jedem einzelnen Ding, das sich darin befand. Lange Jahre hatte Martin gedacht, dass dies genau das Leben wäre, das er sich wünschte, genau das Leben, das ihn erfüllte und glücklich machte. Dass es ihm dennoch nicht genügte, hatte er all die Jahre versucht zu verdrängen und sich erst wirklich eingestanden, als er den Schritt gewagt hatte, der ihm schon ewig durch den Kopf gegangen war. Als er von der Nacht heimgekommen war, in der er Sex mit dem Strichjungen gehabt hatte, hatte er sich geschworen, diese Wunde, die damals weit offen geklafft und unvorstellbar wehgetan hatte, schlichtweg zu ignorieren; dadurch, so hatte er gehofft, würde sie früher oder später wieder zuheilen. Dass dies nie wirklich passiert war, war ihm in dem Moment wie Schuppen von den Augen gefallen, als er Thomas nach all der Zeit wieder gegenübergestanden war.

Der Sommer mit Thomas, damals, als sie siebzehn waren, war nur noch Erinnerung, die Stunde mit dem Stricher war ein Bild, wie von einem Gewitterblitz erhellt. Dagegen stand das ganze gemeinsame Leben mit Margit mit all den bleibenden Werten, die sie gemeinsam geschaffen hatten, und nicht zuletzt den echten und tiefen Gefühlen, die er für sie auch nach einundzwanzig Jahren Ehe noch empfand. Wie in aller Welt, dachte Martin, sollte er damit fertig werden, ohne dass ihm das, was da in ihm tobte, das Herz im Körper zerriss?

Martin stand am Bett neben seiner schlafenden Frau, er betrachtete ihr Gesicht, dann beugte er sich zu ihr und küsste sie auf die Stirn.

»Ich liebe dich«, flüsterte er. »Aber ich habe keinen blassen Schimmer, was werden wird.«

DER BRUNNENSCHACHT

Im Garten hinter dem Haus, zwischen den Nuss- und Apfelbäumen, gab es einen Brunnen. Nicht hoch gemauert, nur eine Reihe zum Teil loser Steine, die kaum über das verwilderte Gestrüpp reichte: fast nur ein Schacht im Erdboden. Bretter lagen darüber und ein Stapel von Balken in der Nähe. Margit war im fünften Monat schwanger. Martin sah sich mit seiner Frau das ehemalige Lichtspieltheater an, das zum Verkauf stand. Sie waren den ganzen Tag mit einer Liste von Gebäuden aus einer Immobilienzeitschrift herumgefahren; in dem Moment, als Martin vor dem Haus gestanden war, hatte er gewusst, dass er hier im Erdgeschoss seinen Buchladen aufmachen und im ersten Stock wohnen wollte. Den Garten hinter dem Haus umgab eine Steinmauer, über die Martin ohne Anstrengung klettern konnte. Seine schwangere Frau zog er nach oben, auf der anderen Seite stapelte er für sie herumliegende Kisten auf, auf denen sie vorsichtig und gestützt von Martin nach unten stieg.

Margit teilte den spontanen Enthusiasmus ihres Mannes nicht. Sie befürchtete unvorhersehbare Probleme bei der Renovierung und bezeichnete das Gebäude mehrmals als »Fass ohne Boden«. Darüber diskutierten sie, als sie im Garten umhergingen. Margit achtete nicht, wohin sie trat. Sie stieg auf eines der Bretter, die über dem Brunnenschacht lagen. Das Brett war morsch und brach durch. Margit schrie auf, und Martin bekam sie gerade noch am Ärmel zu fassen. Es gelang ihm, sie an sich zu reißen. Zitternd standen sie dann am Rand des Brunnens und schauten in die Tiefe, die Martin schlammig erschien, obwohl es im Schacht zu dunkel war, um bis zum Boden sehen zu können.

Während der restlichen Monate von Margits Schwangerschaft sprachen sie immer wieder davon, was alles hätte passieren können, wäre Margit tatsächlich in den Schacht gestürzt. Und noch als Martin den neugeborenen Daniel im Arm hielt, dachte er mit großer Erleichterung daran, dass die Sache damals nicht schlimm ausgegangen war.

Sie unterschrieben den Kaufvertrag zwei Wochen nach dem Vorfall am Brunnenschacht, und ein Jahr später wurde Martins Buchgeschäft eröffnet. Die junge Familie zog in die Räume über dem Laden, als Daniel gerade ein Jahr alt war. Es sollte aber noch Jahre dauern, bis auch das Café eingerichtet und der Kinosaal so weit renoviert waren, dass darin die Aufführungen von Laientheatergruppen stattfinden konnten.

Das nächste Mal, dass Martin an die Sache mit dem Brunnenschacht dachte, war in der Nacht, in der er mit dem Jungen ins Hotel gegangen war und mit ihm geschlafen hatte. Eigentlich dämmerte bereits der Morgen, als er sich wie ein Dieb in sein Haus stahl. Er hatte seinen Wagen in der Garage abgestellt und ging so leise wie möglich durch den Garten zur Hintertür des Hauses. Die Umrisse des Brunnens, der in der Zwischenzeit natürlich wieder aufgemauert worden war, zeichneten sich vor ihm ab. Martin blieb abrupt stehen, als in seinem Kopf das Bild der schwangeren Margit aufblitzte und sich dann in jenes des nackten Jungen verwandelte, der seinen Schwanz im Mund hatte.

KOMM, WENN DU WILLST

Dem runden Turm neben der mittelalterlichen Stadtmauer fehlte das Dach, die Mauern waren jedoch vollständig restauriert. Da er Thomas nirgends sehen konnte, trat Martin durch die niedrige, schmale Türöffnung. In einer Ecke lagen zerknüllte Papiertaschentücher und sogar ein Kondom, das benutzt aussah.

»Da denkt man sich, man ist in der tiefsten Provinz, und dann: Schock, auch hier treiben sie's im Freien!«

Martin drehte sich um und blickte in Thomas' Grinsen. »Das freut wohl die Schwester mit ihren dreckigen Gedanken!«

»Oho«, lachte Thomas, »er kennt solche Ausdrücke!«

»Glaubst du, ich habe all die Jahre hinterm Mond gelebt?« Martin wurde unvermittelt ernst. »Obwohl ich mir Mühe gegeben hab, von allem, was damit zu tun hat, so wenig wie möglich mitzukriegen …«

»Vom schwulen Leben?«

»Von den Paraden und so …«

»Und wieso? Ich meine, warum diese Abneigung?«

Martin schüttelte heftig den Kopf. »Keine Abneigung, du verstehst mich falsch! Es hat mich einfach verunsichert. Ich habe das alles als Bedrohung gesehen. Also für mein Leben, verstehst du? Für das Leben, wie ich es mir aufgebaut habe.«

»Und jetzt komme ich und will dich küssen.«

»Und jetzt kommst du …«

»Aber Martin, ich hab mir das doch nicht eingebildet! Wie du mich angesehen hast! Der Ausdruck in deinen Augen! Mir hat's einen Stich versetzt! Auf einen Schlag war es wieder wie früher! Ich …«

Martin wartete das Ende des Satzes nicht ab. Seine Arme stießen vor, mit beiden Händen traf er Thomas auf der Brust.

»Halt den Mund!«

Gleichzeitig trat er zwei Schritte zurück, in dieser Entfernung verharrte er. Er atmete heftig, fast schnaufte er. Thomas hingegen blieb ganz ruhig. Mit zusammengezogenen Brauen schaute er Martin an, aber er rührte sich nicht. Eines müsse Martin wissen, sagte er dann mit leiser Stimme. Er habe nicht nach ihm gesucht, zumindest nicht bewusst. Es sei reiner Zufall gewesen, dass er im Internet auf die Galerie gestoßen sei. Dann der Name und das Foto: Er habe ihn sofort erkannt.

Und nach einer längeren Pause: »Auch ich habe ein eigenes Leben gehabt, in all den Jahren, nicht nur du. Aber ich hab dich nie vergessen, und das Gegenteil zu behaupten, wäre eine Lüge. Und dich anlügen oder dir etwas vormachen, das will ich nicht.«

Er wandte sich zum Gehen, zögerte dann. Seine Adresse und Telefonnummer stünde auf dem Vertrag, den Martins Frau aufgesetzt habe, sagte er. Wenn er ihn sehen wolle, also vor der Vernissage noch, dann solle er ihn einfach anrufen. Vielleicht hätte er nicht versuchen sollen, ihn zu küssen … Aber egal, was sei oder was nicht sei, er freue sich, ihn wiedergesehen zu haben. Und fügte hinzu: »Komm, wenn du willst …«

DER ABGEBROCHENE STÖCKEL

Martin hatte den Haustorschlüssel mit, er hätte auch einfach durch die Tür hineingelangen können. Trotzdem wählte er den Weg, den er sich zur Gewohnheit gemacht hatte, ohne über den Grund dafür nachzudenken, wahrscheinlich wollte er einfach seinen Eltern nicht über den Weg laufen. Er kletterte die Regenrinne hoch und über das Dach der Garage. Von dort aus gelangte er zum Fenster seines Zimmers. Es regnete ganz leicht, die Dachziegel waren feucht und rutschig. Aber Martin stützte sich an der Hausmauer ab, er hatte das schon oft gemacht. Das Fenster zu seinem Zimmer bestand aus zwei Flügeln, einer davon war gekippt. Martin langte mit der Hand hinein, und es gelang ihm, den Hebel des zweiten Flügels mit den Fingerspitzen zu drehen. Das Fenster schwang auf, und Martin kletterte ins Zimmer.

Eine Zeit lang saß Martin auf seinem Bett. Das Kissen und die Decke waren frisch bezogen. Das sah den Eltern ähnlich, dachte Martin bitter: Kaum war ihr Sohn verschwunden, überzogen sie sein Bettzeug frisch. Er konnte sie sich dabei gut vorstellen, wenn er die Augen schloss. Sicher arbeiteten sie zusammen; einer spannte das Leintuch, der andere überzog das Kissen, und bei der Bettdecke halfen sie zusammen. Als könnten sie damit das, was sie einander angetan hatten, vergessen machen.

Martin stand auf und öffnete die Zimmertür einen Spalt. Er lauschte, und erst als er ziemlich sicher war, dass seine Eltern schon schliefen, ging er die Stiegen hinunter ins Erdgeschoss. Er holte sich Butter und Käse aus dem Kühlschrank und machte sich ein Brot. Er trug den Teller mit dem Brot zum Esstisch, dazu holte er sich ein Glas Milch. Martin begann zu essen und stellte sich vor, wie genau ein Stockwerk über ihm die Eltern im Ehebett schliefen und keine Ahnung hatten, dass ihr Sohn die halbe Nacht auf einem Friedhof mit einem anderen Jungen zusammen gewesen war und nun hier saß, ein Käsebrot aß und Milch trank. Und er erinnerte sich an den frühen Morgen des gestrigen Tages, als er seinen Vater dabei beobachtet hatte, wie er die Spuren von Mutters Untreue beseitigte.

Sein Vater war auf Dienstreise gewesen. Eigentlich hätte er erst am Abend zurückkommen sollen. Geräusche hatten Martin geweckt. Ganz leise war er aufgestanden und hinuntergegangen und im Halbdunkel des Vorraums stehen geblieben. Sein Vater hatte ihn nicht bemerkt. Von seinem Standort aus konnte Martin alles überblicken. Seinem Vater war anzumerken, dass er versuchte, so wenig Lärm wie möglich zu machen. Er ging in Socken. Er war gerade dabei, die zwei Sektgläser vom Wohnzimmertisch zur Spüle in der Küche zu tragen. Er blieb kurz stehen, bückte sich und hob die zusammengeknüllten Taschentücher neben dem Sofa auf, nahm sie mit in die Küche und warf sie in den Müll. Noch mehrmals ging der Vater zwischen den Räumen hin und her. Er leerte den vollen Aschenbecher. Die Eltern rauchten nicht, Martin hatte nicht einmal gewusst, dass es im Haus einen Aschenbecher gab. Der Vater wusch die Gläser aus und stellte sie zu den anderen in die Anrichte. Dann blieb er für einen Moment in der Mitte des Raumes stehen. Er sah sich um, ging zum Sofa und rückte die Kissen zurecht. Martin rechnete, dass er daraufhin wieder in die Küche gehen würde, doch der Vater drehte sich auf einmal um und kam direkt auf ihn zu. Abrupt blieb er stehen, als er Martin bemerkte, ihre Blicke trafen sich im halben Licht der Morgendämmerung, die durch die Fenster ins Haus drang.

Der Vater setzte zu reden an, blieb aber stumm. Martin sagte auch nichts, was hätte er auch sagen sollen? Er hatte spät nachts das Klingeln an der Haustür gehört, das Wispern von Stimmen, das Ploppen des Sektkorkens, die leise Musik, das verhaltene Lachen. Dann war es auf einmal still geworden. Martin hatte sich aber nicht getraut, nach unten zu gehen und nachzuschauen, ob Mutters Gast schon gegangen war. Er hatte Angst, anstelle des leeren Wohnzimmers seine Mutter und diesen Gast in einer eindeutigen Situation vorzufinden.

Der Vater presste die Lippen zusammen, es hatte den Anschein, als würde er Martin zunicken. Doch er führte diese Kopfbewegung nicht zu Ende. Stattdessen drückte er sich an Martin vorbei und ging die Treppe hinauf. Dabei war er offensichtlich bedacht, ihn nicht zu berühren. Martin hörte noch, wie die Schlafzimmertür leise geöffnet und geschlossen wurde. Dann herrschte wieder Stille im Haus, und nichts deutete darauf hin, was in der Nacht zuvor im Wohnzimmer passiert war.

Es war Martin klar, dass die Eltern nicht über den Vorfall reden würden, nicht miteinander und schon gar nicht mit ihrem Sohn. Stattdessen hatten sie am Nachmittag, als Martin unterwegs zum Friedhof der Namenlosen gewesen war, gemeinsam sein Bett frisch bezogen.

Erst am Sonntag darauf kam es zu einer verspäteten Auseinandersetzung. An diesem Tag brach Martins Mutter in der Kirche ein Stöckel ab. Sein Vater war Kommunionspender. Er teilte die Hostien aus, Martin ging nicht zur Kommunion, aber seine Mutter stellte sich in der Reihe vor dem Vater an. Sie empfing die Kommunion und wandte sich gerade von ihrem Mann ab, da brach der Stöckel des linken Schuhs, und ihr Fuß knickte um. Der Vater reagierte zu langsam, um sie vor einem Sturz bewahren zu können. Er stand da, die Schale mit den Hostien in den Händen, und vor ihm stürzte seine Frau. Dann erst kam Leben in den Vater, und er half ihr auf. Mit verlegenem Lächeln sah er sich in der Kirche um, packte sie mit der Rechten unter der Achsel und zog sie mit einem Ruck hoch. In der Linken hielt er dabei immer noch die Schale. Durch die Bewegung hielt er sie aber nicht gerade, und so fielen ein paar Hostien zu Boden. Jeder Messbesucher konnte das sehen. Wie die Mutter in seinem Griff hochkam und gleichzeitig die Hostien aus der flachen Schale glitten und wie welke Blätter zu Boden segelten.

Die Schuhe waren fast neu gewesen, sie hatte sie erst einmal getragen. Die Stöckel waren recht hoch und dünn. Eigentlich waren es keine Schuhe für die Kirche, sagte Martins Vater später zu Hause. Die Mutter hatte sich die Schuhe ausgezogen und betrachtete den kaputten

Stöckel, da kam er mit zur Drohgebärde erhobener Hand auf sie zu. Er schlug nicht zu, aber er fuhr sie an, wie in aller Welt sie auf die Idee gekommen sei, solche Hurenschuhe zur Messe anzuziehen.

Wobei der Vater seiner Frau in erster Linie nicht verzieh, dass das Missgeschick in aller Öffentlichkeit passiert war. Über die nächtliche Affäre war in der Familie kein Wort gefallen, doch nun gab es einen lautstarken Streit, den Martin durch die geschlossene Wohnzimmertür mitanhörte. Dass sie das nötig gehabt hätte, vor versammelter Gemeinde, schrie der Vater, das sei typisch für eine Nutte wie sie. Die Mutter hörte ihm stumm zu, und als er fertig war, fing sie an, Kekse zu backen. Martin wusste, dass sich seine Mutter mit Keksebacken beruhigen konnte. Im Advent backte sie immer dreißig verschiedene Sorten. Sie richtete sie auf Tellern an, die sie dann an Freunde und Bekannte verschenkte. Dafür bekam sie von allen Seiten Lob, und auch dem Vater wurde Anerkennung für die Backkunst seiner Frau zuteil. Die Kekse, die die Mutter in unregelmäßigen Abständen während des Jahres backte, verschenkte sie aber nicht. Sie blieben ein paar Tage lang auf der Küchenkredenz stehen und landeten früher oder später im Müll. So war es immer, wenn die Mutter, wie sie es selbst mit entschuldigendem Ton Martin gegenüber ausdrückte, mit den Nerven fertig war.

Und Martin wusste nicht, wie er sich seinen Eltern gegenüber verhalten sollte. In die Küche zu seiner Kekse backenden Mutter zu gehen, sie von hinten zu umarmen, den Kopf an ihren zu legen und ihr zuzuflüstern, sie solle nicht traurig sein – Bilder wie diese schwebten Martin vor.

Doch dann hatte er wieder den Vater vor Augen – wie er in der Morgendämmerung die Beweise für Mutters nächtliche Affäre beseitigte und den Ausdruck in seinem Gesicht, als er sich dabei von seinem Sohn ertappt fühlte.

Martin überlegte bei sich, dass er Thomas gern davon erzählen würde, wie sehr ihn das Verhalten seiner Eltern verunsicherte und verwirrte. Und dass Thomas wahrscheinlich der einzige Mensch war, dem gegenüber er sich vorstellen konnte, jemals so offen zu sein.

LEBENSSPIRALE

An einem Teich auf der Donauinsel, im halben Schatten eines Strauches, ließ sich Thomas nach dem Schwimmen trocknen, und dabei gingen mit ihm die Gedanken durch. Er lag mit geschlossenen Augen auf dem Rücken, schien äußerlich aber ganz ruhig; keiner der Männer, die in der Nähe saßen oder lagen oder langsam und mit prüfenden Blicken auf dem schmalen ausgetretenen Weg am Ufer vorbeigingen, hätte wohl erraten, dass er in diesem Moment wie hypnotisiert auf sein Leben wie auf eine dieser Spiralen starrte, die sich endlos drehten und den Betrachter ganz verrückt im Kopf machten.

Was Thomas selbst kaum glauben konnte, was ihn erschreckte und ihm Angst machte, war, wie völlig unwichtig ihm anfangs, in den ersten Monaten nach dem Sommer mit Martin, sein Leben und alles, was darin ablief, erschienen war. Der Abbruch des Gymnasiums zu Beginn der letzten Klasse, diese Mathematikstunde, in der er auf einmal aufstand und ging, nicht einmal die Bücher und Hefte und den Rucksack mitnahm, grußlos und ganz ruhig und unaufgeregt den Raum verließ. Das ziellose Umherstreichen in der Stadt, die Nächte im Park und auf den öffentlichen Toiletten, wo er keine Probleme hatte, einen Typen zu finden, der zwanzig Schilling springen ließ, wenn er ihm einen abwichste, oder fünfzig, wenn er ihm seinen Schwanz blies. Die Tage und Nächte, die ineinanderflossen, weich und ohne Widerstand, wenn er Gras geraucht hatte, und er jedes Gefühl für die Zeit verlor, für die Gegenwart seines Lebens, die ihm unwichtig erschien, und besonders auch für die Möglichkeiten seiner Zukunft, in der er nichts Erstrebenswertes sah.

Und dann der Herzinfarkt des Vaters. Thomas fand ihn mit bläulichem Gesicht und röchelnd auf dem Boden der Küche, als er gegen zwei Uhr früh heimkam. Thomas ging zuerst ins Bad und spülte sich den Mund aus; erst dann kam er in die Küche, um sich aus dem Kühlschrank ein Keli zu holen. Auf der öffentlichen Toilette im Park hatte ein Typ von ihm verlangt, ihm den Sack zu lecken, während er sich einen runterholte. Dabei spielte er mit Thomas' Eiern, und je hektischer sein Keuchen wurde, desto fester drückte er sie. Als er kam, krallten sich seine Finger zusammen und Thomas zuckte vor Schmerz zurück. Er riss sich los, stolperte gegen die gekachelte Wand und zog sich die Hose hoch.

»Bist du verrückt?«, schrie Thomas.

Der Typ grinste. »Du musst mir schon was bieten für mein Geld«, meinte er.

Dann weigerte er sich, die vereinbarten fünfzig Schilling zu zahlen. Thomas hätte zu früh mit dem Lecken aufgehört, meinte er, als er ihm drei Zehner hinhielt.

»Gib mir zumindest noch zehn Schilling«, bat Thomas. »Dann habe ich, was ich brauche. Dann kann ich für heute aufhören.« Er machte immer dann mit dem Anschaffen Schluss, wenn er genug Geld für das Gras des nächsten Tages beisammen hatte.

»Wieso willst du aufhören?«, gab der Typ zurück und setzte in provokantem Ton nach: »Du machst das doch gern, oder?«

Er rückte nicht mit mehr Geld heraus. Thomas könne ihm ja morgen wieder einen blasen, darin sei er recht talentiert. Und wenn er seine Anweisungen genau befolge, würde er ihm vielleicht Trinkgeld geben.

Mit einem neuerlichen Grinsen ließ er Thomas in der Klappe zurück, und es dauerte über eine Stunde, bis sich wieder ein Kunde blicken ließ und Thomas zehn Minuten später endlich nach Hause gehen konnte.

Dort, in der Küche, lag der Vater. Fast atmete er schon nicht mehr; Thomas hätte ihm nicht einmal mehr helfen können, wenn er es gewollt hätte. In dem Moment, als sich Thomas zu ihm kniete, starb er. Als Thomas mitbekam, was geschehen war, empfand er nur Erleichterung. Erst später war da ein Druck auf seiner Brust, der ihm die Luft nahm, wie es zuvor dem sterbenden Vater ähnlich ergangen war. Doch das war nur eine Empfindung des Augenblicks. Zu diesem Zeitpunkt waren der Arzt und die Sanitäter schon wieder gegangen und hatten den toten Vater mitgenommen. Thomas war, als wäre der Schatten des Vaters zurückgeblieben, wo dieser gelegen war. Er drehte sich einen Joint, sank rauchend auf den Boden und spürte, wie er sich entspannte. Der Dämmerzustand, in den ihn die Joints versetzten, diente ihm immer als Flucht vor der schmerzhaften Klarheit seines Lebens. Diese Funktion erfüllten sie auch jetzt. Gegen den Herd gelehnt, die Augen geschlossen, irgendwie neben sich, saß er dort an der Stelle, an der sein Vater gestorben war, bis es Morgen wurde.

Als Thomas wieder auf die Beine kam, begriff er, dass er nun ganz allein war. Er wusste, dass auf dem Dachboden des Mietshauses Kartons herumlagen. Er holte sich so viele, wie er brauchte, und verstaute darin alles, was seinem Vater gehört hatte. Er warf die Kartons in einen Container, der bei einer Baustelle um die Ecke stand; sogar die Matratze des Vaters schleppte er dorthin. Hätte ihn jemand darauf angesprochen, wäre von Thomas wohl kaum eine Reaktion gekommen. Thomas bewegte sich wie in Trance und erntete deshalb auch auf der Bank fragende Blicke, als er das Sparbuch auflösen wollte, das er unter der Matratze gefunden hatte. Dennoch gab es keine Probleme, das Sparbuch lautete auf seinen Namen. Sein Vater hatte es nie dick gehabt; dass er für ihn ein Sparbuch angelegt und monatlich darauf eingezahlt hatte, hätte Thomas nicht erwartet.

Er ließ sich das Guthaben in bar aushändigen. So viele Tausender hatte er noch nie auf einen Haufen gesehen. Von der Bank führte Thomas sein erster Weg zu seinem Dealer. Dort deckte er sich mit Gras für Wochen ein. Dass er die Ersparnisse seines Vaters für etwas ausgab, das dieser verabscheut hätte, war für ihn eine Art späte Rache. Aber froh machte ihn diese Rache nicht.

Früher hatte Thomas immer aufgeatmet, wenn sein Vater nicht zu Hause war. Jetzt aber war ihm die leere Wohnung zu groß. Aus Gewohnheit ging Thomas auch am Abend nach dem Tod seines Vaters in die Stricherbar, in der er schon fast zum Inventar zählte. Thomas saß am Tresen und trank ein Cola Rum, und immer wenn ein Mann die Bar betrat, spürte er die musternden Blicke. Es dauerte keine zwanzig Minuten, bis sich ein Typ, der sein Großvater hätte sein können, neben ihn setzte. Ein paar Worte zu Preis und Leistung genügten, eine behaarte Hand, die ihm über die Schenkel strich, die zweite, die in Richtung des Darkrooms deutete. Thomas nickte und trank aus, er stand auf und war drauf und dran, dem Kunden zu folgen, da wechselte die Musik aus der Anlage und Johnny Logan begann mit *Hold Me Now*. Thomas blieb stehen, er hielt inne, und die Welt zog sich vor ihm zurück – es war, als wäre nichts, das um ihn herum war, mehr bedeutend für ihn. Er bemerkte nicht, dass sich der Kunde nach ihm umdrehte, er hörte nicht, wie er von ihm fragend angesprochen wurde. Ohne ein weiteres Wort verließ Thomas die Bar.

Thomas war immer stolz darauf gewesen, ganz allein, ohne Hilfe von außen, den Weg zurück in ein Leben gefunden zu haben, in dem es für ihn nicht nur die Vergangenheit mit Martin gab, sondern eine Gegenwart, die Sinn für ihn ergab, und sogar so etwas wie Zukunft. Von einem Tag auf den anderen, im wahrsten Sinne des Worten *von einem Lied* zum anderen, hatte er sein Leben umgekrempelt. Einfach war das nicht gewesen, aber er hatte es geschafft.

Nun, Jahre später auf der Donauinsel, gab sich Thomas der Vorstellung hin, dass auch das späte Wiedersehen mit Martin zu einem glücklichen Ende führen würde. Ein Mann setzte sich unvermutet neben ihn und fragte, ob er ihm den Rücken eincremen könne. Er hatte ein nettes Lächeln und machte auf Thomas einen sanften Eindruck. Schließlich lud ihn der Mann ein, mit ihm den Abend zu verbringen. Aber Thomas antwortete ihm freundlich und doch bestimmt, dass er einen festen Freund habe und ihn treffen würde.

Der Mann war ein paar Jahre jünger als Thomas und ziemlich hübsch; es kam nicht oft vor, dass so jemand Thomas ansprach, und gern hätte er seine Haut gespürt und sich von ihm im Arm gehalten gefühlt.

Doch die Idee, einen festen Freund zu haben, war zu schön, um sie in diesem Augenblick nicht auszukosten. Auch wenn sie nur in seinem Kopf existierte und nicht der Wirklichkeit entsprach und die kommende Nacht nur eine von vielen sein würde, in denen er allein war.

HOLD ME NOW

Wieder ein Sommertag, wieder die Sonne hoch über ihnen. Im Schatten der Aubäume, nicht direkt am Ufer, trotzdem nah am Wasser. Dort saß Martin, die Arme um die Knie geschlungen, und betrachtete Thomas' Gesicht. Über die Blutkrusten auf der linken Schläfe wollte Thomas nicht reden; zwischen den Zeilen kam aber heraus, dass sein Vater dafür verantwortlich war. Martin hatte die Stelle vorhin nur ganz kurz berührt, und Thomas war vor Schmerz zurückgezuckt.

Martins Blick strich über den Flaum über Thomas' Oberlippe und auf seinem Kinn und die feinen, fast durchsichtigen Härchen auf seiner Brust, dann über die dickeren, leicht gekrausten, die vom Nabel aus einen schmalen Pfad beschrieben, bis sie unter dem Bund der Unterhose verschwanden. Sie waren bis vor wenigen Minuten im Wasser gewesen und noch nass; unter dem dünnen Stoff von Thomas' Unterhose konnte Martin deshalb dunkel die Schamhaare ausmachen, der Schwanz lag zur linken Seite hin. In seiner Vorstellung berührte Martin die Hose, strich über den Schwanz und dann zwischen die Oberschenkel dorthin, wo er jetzt nicht hinsehen konnte. Martin verbarg seinen steifen Schwanz unter den angezogenen Beinen. Immer wieder huschte sein Blick zu Thomas' Augen, um sich zu vergewissern, dass sie noch geschlossen waren.

Als befänden sie sich in einer Szene aus einem Film, gab es einen Soundtrack. Den Hintergrund zu all diesen Blicken bildete eine Kassette mit den Siegerliedern der letzten Song Contests. Thomas war ein Fan des Musikwettbewerbs und hatte verschiedene Titel aus dem Radio aufgenommen. Den Rekorder trug er den ganzen Tag mit sich herum.

Leise verklangen die letzten Akkorde von *Hold Me Now*, da stützte sich Thomas auf einmal auf die Ellbogen.

»Er hat voll verdient gewonnen, der Johnny Logan«, stellte Thomas fest und blinzelte Martin an. »Er ist echt süß.«

»Nicht so süß wie ich.«

Thomas grinste. »Werd nur nicht eingebildet! Aber es stimmt ja. Du bist so süß, dass ich dich am liebsten wieder küssen würde.« Und als er Martins Mienenspiel sah: »Wieso lässt du mich nicht?«

»So was will ich nicht«, entgegnete Martin.

»War's das letzte Mal nicht schön?«

»Doch, es war schön …«

»Und?«

»Es war nicht recht.«

»Scheiße nicht recht!«, rief Thomas und kam auf die Beine. »Was schön ist, ist auch recht.«

Er stand direkt vor Martin, die nasse Unterhose befand sich in Höhe von Martins Kopf. Einen Moment lang starrte Martin auf Thomas' Schwanz und sah, wie er größer wurde, dann drehte er sich abrupt weg.

Jetzt lief *Let It Swing* von Bobbysocks.

»Soll ich ihn auch swingen lassen?«, meinte Thomas in provozierendem Ton. Er ging ein wenig in die Knie, wippte dabei auf und ab und deutete mit beiden Daumen in Richtung seines Schwanzes. »Ohne Unterhose?« Er machte eine Bewegung, als wollte er sich die Hose hinunterziehen.

Da sprang auch Martin auf, hielt sich aber halb abgewendet von Thomas.

»Du hast einen Steifen«, sagte Thomas.

»Na und …«

»Warum gibst du nicht zu, dass du dasselbe willst wie ich?«

»Weil ich nicht dasselbe will wie du.«

»Wieder Scheiße!«, sagte Thomas, aber diesmal ganz leise.

Er trat einen Schritt auf Martin zu. Er sah, dass sich Martin auf die Unterlippe biss. Er blieb stehen, bis Martin den Blick hob, dann kam er auch den zweiten Schritt auf ihn zu. Nun standen sie ganz nah beisammen. Thomas konnte spüren, wie sich die heißen und die kühleren Stellen von Martins Haut auf seine übertrugen. Martin streckte seine Hand nach ihm aus, und Thomas schlang die Arme um ihn. Jetzt war es, als wären sie ein einziges Wesen mit einem einzigen pochenden Herzen, umgeben von einer sonnenbraunen Hauthülle, die sie noch näher zusammenhielt und sie gleichzeitig vor ihrer Umgebung unsichtbar machte.

Dann kam Martin Thomas zuvor, indem er den Kopf neigte und dabei ein wenig senkte und ganz leicht die Stelle unter dem Auge küsste, eine Art Beruhigung war das, eine Versicherung, dass er vorsichtig sein würde. Dann legte er die Lippen auf die des anderen Jungen und ließ sie dort. Ein Kreislauf des Atems war das, denn Martin atmete durch die Nase die Luft ein, die Thomas soeben ausgeatmet hatte, und der Strom ergoss sich aus Martins Mund in den von Thomas und floss aus Thomas' Nase wieder in die von Martin.

Längst war die Kassette zu Ende, doch die Stille fiel den Jungen gar nicht auf. Dort, wo sie sich im Moment befanden, war es laut und still zugleich. Was die Hände des einen beim anderen fanden, war, was sie auch an sich selbst gewohnt waren; und doch gab es Unterschiede, die die Berührungen so geheimnisvoll und so aufregend machten, dass die Jungen glaubten, sie müssten zerbersten vor Glück. Sie zogen einander die Unterhose hinunter und hatten zum ersten Mal im Leben einen Schwanz in der Hand, der nicht ihr eigener war; sie konnten fühlen, wie darin das Blut pochte, und spürten den Herzschlag des anderen darin. Später, auf den Handtüchern im Gras, hatten sie nicht genügend viele Hände und Finger, um all die Rundungen und Kanten, die weichen und die festen Stellen finden zu können, die der Körper des anderen, den sie umschlangen, ihnen bot; sie hätten auch mehrere Zungen gebraucht, um all die süßen und salzigen, trockenen und feuchten, rauen und zarten Stellen abzulecken, die Erhebung des Adamsapfels, die Mulden der Achselhöhlen, die kleinen Stacheln der Brustwarzen, das Loch des Nabels, die Lusttropfen auf der Spitze der Eichel, die geäderte Haut der Hoden mit dem Lebendigen, das sie umgab.

Als Thomas schließlich abspritzte, kostete Martin sein Sperma und stellte fest, dass es wie sein eigenes schmeckte und doch auch anders. Diese neue Seite an sich selbst, die er in einem anderen Menschen wiedergefunden hatte, hatte er sein ganzes bisheriges Leben lang vermisst; genau danach, das war ihm jetzt klar, hatte er die ganze Zeit gesucht, ohne zu wissen, was es war, wonach er suchte. Und als er sich an Thomas schmiegte und ihn noch mit dem Geschmack seines Samens auf den Lippen küsste, fühlte er, dass er gerade ein kompletter Mensch geworden war.

DIE NARBE

Thomas konzentrierte sich, um das einzelne weiße Haar, das er zwischen den Augenbrauen entdeckt hatte, mit der Pinzette zu fassen. Er schnippte es in die Waschmuschel und nannte sich dabei einen sentimentalen Idioten. Er war wütend auf sich selbst, die Einladung des gut aussehenden jungen Mannes auf der Donauinsel nicht angenommen zu haben. Aber er würde das Versäumnis wettmachen, sagte er sich, als er sich Deo unter die Achseln sprühte. Er würde mit dem Fahrrad eine Runde drehen, auf der Insel und in der Lobau, wo sich Männer trafen, die dasselbe suchten wie er. Heute Nacht würde er ficken und dabei keinen Gedanken an Martin verschwenden.

Thomas prüfte sein Bild im Spiegel, und ihm gefiel die Art, wie sich seine Brust unter dem Shirt abzeichnete. Er fuhr sich über die Glatze und die Bartstoppeln am Kinn. Er konnte zufrieden sein, er machte den Eindruck eines harten Burschen, der anonymen Sex zwischen den Büschen genoss und sich dabei keinen Deut um so etwas wie Gefühle kümmerte.

In dem Moment, als sein Blick die Narbe über der linken Schläfe berührte, wandte sich Thomas abrupt vom Spiegel ab und sah plötzlich seinen Vater vor sich, wie er Jahre zuvor ins Badezimmer getorkelt kam: Mit der Bierflasche in der Hand, mit rot geschwitztem Gesicht, mit Augen voll Wasser und Hass stand er in der Tür. Er schwankte, als hätte er Mühe, gegen starken Wind anzukämpfen, den nur er selbst spürte. Thomas hatte noch die Cremetube in der einen Hand und den Drehverschluss in der anderen, da stolperte der Vater auf einmal. Es machte den Anschein, als würde er auf Thomas zustürzen. Instinktiv ließ Thomas fallen, was er in den Händen hatte, und streckte die Arme vor. Er griff dem Vater unter die Achseln und zog ihn mit einem Ruck hoch. Er versuchte, ihn abzustützen, da traf ihn die Bierflasche am Kopf. Die Flasche zersplitterte, und Scherben bohrten sich über dem linken Auge in seinen Kopf. In einer Abwehrreaktion stieß Thomas den Vater von sich. Der Vater fiel zurück und prallte gegen den Rand der Badewanne, schrie auf und hockte dann auf dem Boden und starrte zu Thomas hoch, der mit geballten Fäusten über ihm stand.

»Rühr mich nicht an!«, brüllte er, den Hals der Bierflasche wie zur Verteidigung vor sich gestreckt, schwer atmend und immer wieder hustend und zitternd und ganz außer sich: »Rühr mich nicht an, *du warmer Bruder*!«

Thomas ließ die Fäuste sinken, die Arme fielen ihm wie von selbst zur Seite. So stand er da und schaute auf seinen röchelnden Vater hinunter. Die Behauptung, die dieser soeben ausgestoßen hatte, war zwischen ihnen zwar schon oftmals unausgesprochen im Raum gestanden, jedoch noch nie offen Thema gewesen. Ihr zu widersprechen, kam Thomas in diesem Moment nicht in den Sinn.

»Was ist so schlimm daran?«, fragte er deshalb nur leise.

»Mir graust vor dir!«

»Wie kann ...«, begann Thomas, brach dann aber ab und sagte nichts mehr.

Dem siebzehnjährigen Thomas war gerade klar geworden, dass es keinen Sinn hatte, etwas zu sagen, wenn der eigene Vater so etwas von sich gab. Bis zum Tod des Vaters wechselte er mit ihm kein Wort mehr, das darüber hinausging, was für den Alltag in der kleinen Wohnung nötig war.

Mit dem Gefühlsrausch dieser Erinnerung im Kopf raffte der neununddreißigjährige Thomas zusammen, was er sich schon vorhin auf dem Kästchen unter dem Vorzimmerspiegel zurechtgelegt hatte: den Wohnungsschlüssel, ein paar Geldscheine, Kondome, eine Tube Gleitgel. Doch noch bevor die Tür ins Schloss fiel, hielt Thomas inne. Auf dem Treppenabsatz saß Martin. Er hatte die Ellbogen auf den Knien und den Kopf in den Händen aufgestützt. Thomas blieb stehen und schaute zu ihm hin.

Es dauerte eine Weile, bis Martin aufsah und sich zu Thomas umwandte. »Kannst du mir verzeihen?«

»Wofür?«

»Dass ich mich so dumm benommen habe.«

»Du hast dich nicht dumm benommen!«

»Ich habe dich zurückgewiesen. Obwohl ich das Gegenteil wollte.«

»Du warst durcheinander. *Du bist durcheinander.* Das ist kein Wunder. Mir geht es genauso.«

Martin stand auf. »Du darfst nicht glauben, dass ich schlecht denke über das, was damals geschehen ist.«

Thomas lächelte. »Das glaube ich doch nicht.«

»Obwohl ich damals das Weite gesucht habe. Ich habe nie schlecht darüber gedacht!«

»Das weiß ich.«

»Dazu war es einfach zu schön, was wir erlebt haben.«

»Es war wunderschön.«

Zögernd ging Martin einen Schritt auf ihn zu. »Ich würde gern mit dir reden.«

Thomas trat zurück. Die Wohnungstür war noch nicht ins Schloss gefallen, und er drückte sie mit dem Rücken auf. »Mit mir reden? Hier bei mir?«

Martin kam ihm nach. »Wenn du mich reinlässt.«

Sie standen dicht voreinander und schauten einander still an.

Dann grinste Thomas. »Ich weiß nicht, ob ich dich reinlassen soll.«

Martin lachte leise. »Du würdest was versäumen.«

»Glaubst du das?«

»Das glaube ich nicht, da bin ich mir sicher.«

»Na dann …«

»Na dann?«

»Dann kann ich wohl nicht Nein sagen.«, meinte Thomas.

»Gute Entscheidung.«

»Das werden wir sehen.«

»Lass mich's dir beweisen.«

»Beweis es mir …«

Statt einer weiteren Antwort packte Martin Thomas an den Schultern. Er drängte ihn ins Vorzimmer der Wohnung, dort ein paar Schritte weiter und stieß die Tür mit einem Fußtritt zu. Thomas war ganz weich unter seinem Griff; er leistete keinen Widerstand und ließ sich führen, und als Martins Hände seine Arme hinunterglitten und dann den Rücken wieder hinauf, fuhr Thomas von der Wirbelsäule aus ein Schauder in alle Glieder seines Körpers.

Thomas nahm Martins Kopf zwischen seine Hände. »Und?«, fragte er flüsternd. »Lässt du dich jetzt küssen?«

»Nicht nur das«, gab Martin zurück.

IN DIR

Im halben Baumschatten hoben Lichtflecken den frisch vernarbten Schnitt über Thomas' linkem Auge hervor. Thomas lag auf dem Rücken, Martin neben ihm auf dem Bauch hatte sich auf den Unterarmen halb über ihn gestützt. So betrachtete Martin ihn. Er strich ihm vorsichtig die Haare zur Seite und legte einen Finger sanft auf die Narbe. Warum er ihm nicht sagen wolle, wie das passiert sei? Aber Thomas antwortete nicht und hielt die Augen geschlossen.

Wie schon so oft zuvor, konnte Martin die Augen nicht von Thomas' Gesicht lassen. Es war, dachte er, wie aus Wachs geformt: die fast durchscheinenden Lider, die langen Wimpern, die schmale Nase, die feinen Härchen über den Lippen. Wie ein Engelwesen kam ihm Thomas vor. Oder, wenn er an die Schatten unter den Augen dachte und die Narbe in Erwägung zog, wie ein Märtyrer auf einem Heiligengemälde: Der feingliedrige Körper an einen Pfahl gebunden und von Pfeilen durchbohrt, so konnte er sich ihn vorstellen.

Martin streichelte über Thomas' Brust und seinen Bauch und kraulte durch die Schamhaare. Thomas' Schwanz lag schräg zum Bauch hin und wippte im Pulsschlag leicht auf und ab.

»Ich glaube, der will schon wieder«, stellte Martin mit einem Grinsen fest.

Er rutschte nach unten und nahm Thomas' Schwanz in den Mund. Dann blickte er zu Thomas' Gesicht hoch. Der Junge hatte die Augen jetzt geöffnet und schaute zu ihm.

Martin kam seine eigene Stimme heiser vor, als er sagte: »Ich möchte in dir sein.«

»Sei vorsichtig«, sagte Thomas.

»Du brauchst keine Angst haben«, sagte Martin.

»Ich habe keine Angst vor dir«, sagte Thomas.

Martin nickte, wie um sich selbst Mut zu machen. Er hockte sich auf und spreizte Thomas' Beine. Er kniete sich zwischen sie. Er legte die Hände auf Thomas' Unterschenkel und drückte seinen Hintern nach oben. Thomas schien zwischen seinen Atemzügen für kurze Momente die Luft anzuhalten. Martin spuckte mehrmals in die Hand und verrieb die Spucke zwischen Thomas' Hinterbacken. Eine zweite Handvoll verteilte er auf seinem Schwanz.

Das Band ihrer Blicke riss auch dann nicht, als er in Thomas eindrang. Martin spürte fast keinen Widerstand zwischen ihnen. Trotzdem keuchte Thomas auf, und seine Brauen zogen sich zusammen. Martin rückte zurück, und als er sich neuerlich vorwärts bewegte, beugte er sich über Thomas und küsste ihn auf den Mund. Sie waren auch an diesen beiden Stellen gleichzeitig miteinander verbunden, als Martin zuerst langsam und dann immer schneller in Thomas hineinzustoßen begann und schließlich in ihm kam und ihn dabei in die Lippen biss.

Zweiundzwanzig Jahre später wiederholte sich dieser Kuss. Doch sie hatten sich verändert, und auch der Kuss war ein anderer. Unter Martins Stößen klatschte Thomas' Schwanz gegen seinen Bauch, und ihr Schweiß vermischte sich mit dem des anderen, wenn sie ihre Brust und ihre Wangen aneinander rieben. Thomas krallte seine Finger in Martins Hintern, und einen Moment bevor er kam, schlang er seinen Arm um Martins Hals, zog seinen Kopf zu seinem hinunter und küsste ihn.

Ihnen beiden war bewusst, dass diesem Kuss das traumhafte Weggetretensein, diese völlige Selbstvergessenheit des Früheren fehlte. Sie waren nicht mehr dieselben wie damals; jetzt sahen sie sich selbst und einander dabei zu, wie sie alles taten, um dies für ein paar Augenblicke zu vergessen. Dennoch dauerte dieser Kuss an, bis auch Martin gekommen war. Erst dann ließen sie wieder voneinander ab. Sie schauten einander in die Augen und brauchten nicht auszusprechen, was sie empfanden.

UNSTERBLICH

Die Sonne ging unter, als sich Martin aufsetzte. Thomas zog sich das Shirt über den Bauch, da trat Martin hinter ihn. Er griff nach ein paar Strähnen von Thomas' Haaren und fasste sie mit einem Gummiring zusammen.

Thomas tat so, als versuchte er, sich aus seinem Griff zu befreien. »Dafür sind sie doch viel zu kurz«, sagte er.

»Aber das schaut viel zu gut aus, um es nicht zu machen«, entgegnete Martin.

Er schloss die Arme um Thomas' Oberkörper und spürte, wie sich der andere Junge mit dem Rücken gegen ihn drückte. Thomas legte den Kopf schief und schmiegte ihn an seine Schulter.

Das Husten eines Mopeds, das sich auf dem Schotterweg zwischen dem Auwald und dem Friedhof näherte, schreckte sie aus ihrer Umarmung.

»Lass uns nachschauen, wer das ist«, meinte Martin.

An der Hand zog er Thomas mit sich. Das Laub raschelte unter ihren Füßen, als der Motor erstarb. Sie duckten sich hinter einen Strauch. Das Moped stand auf dem Weg neben dem Aufgang zur Friedhofskapelle. Ein Leiterwagen war daran angebracht, darauf lag ein Mann. Das konnten sie genau erkennen, weil sein Kopf über den Rand des Wagens hing. Die Augen des Mannes standen weit offen, aber es war klar, dass er nichts sah. Im nächsten Moment packte der Friedhofswärter den Mann unter den Achseln. Er wuchtete ihn vom Wagen und begann, ihn die Stufen zur Kapelle hochzuziehen. Dabei ächzte und stöhnte der Wärter, er war ja kein Junger mehr. Aber er arbeitete sich Stufe um Stufe vorwärts. Als er nicht mehr zu sehen war, kamen Martin und Thomas aus ihrem Versteck. Sie liefen über den Weg und kletterten die Böschung hoch, die den Friedhof umgab.

Von dieser Position aus lagen die bewachsenen Hügel der Gräber, die wirkten, als ruhten in ihnen nur Kinder oder Zwerge, direkt unter ihnen, dazwischen die alten Bäume, der Efeu, der überall den Boden bedeckte, die schmiedeeisernen Kreuze mit den Christusstatuen, deren silberne Dornenkronen im letzten Licht der Sonne wie unzählige kleine Spiegel gleißten.

Über den Weg, der den Friedhof teilte, zog und zerrte der alte Wärter den Leichnam. Er brachte ihn zu dem kleinen Haus im hintersten Eck des Grundstücks. Die Jungen wussten, dass dort ein offener Holzsarg stand. Durch eine schmutzige Scheibe konnten sie beobachten, wie der Friedhofswärter den toten Mann auf ein Brett wuchtete, das zwischen zwei Sesseln lag. Wie er ihm anschließend die Kleider vom Leib zog und anfing, die Leiche mit Wasser aus einer Gießkanne zu waschen. Dass er dabei ganz vorsichtig zu Werke gehen musste, erfuhren sie später aus dem Fernsehen: damit man mit der Bürste nicht die Haut vom Fleisch rieb. Sie erfuhren auch, dass der Friedhofswärter schon lang keine frische Leiche mehr gehabt hatte, und deshalb die Gelegenheit beim Schopf ergriff, als er auf einer Fahrt durch den Alberner Hafen in einer Ecke einen Toten entdeckt hatte. Für ihn hätte dieser wie ein Obdachloser gewirkt und nicht ausgesehen, als würde ihn jemand vermissen, gab der Wärter in dem Interview im Fernsehen an. So habe er beschlossen, dem Sandler Gutes zu tun, und dabei gleichzeitig eine Beschäftigung für sich gefunden.

Doch über die näheren Umstände dessen, was sie sahen, wussten Martin und Thomas an diesem Abend natürlich noch nichts. Eine geraume Weile verging, bis der Friedhofswärter den Leichnam gewaschen und wieder angezogen hatte. Dann wuchtete er ihn in den Holzsarg. Die Jungen konnten beobachten, wie er ihm die Haare scheitelte und schließlich die Hände über dem Bauch faltete. Dann trat der Alte zurück und betrachtete mit sichtlichem Stolz sein Werk. Der Sarg stand schräg unter dem Fenster, durch das die Jungen in die Hütte sahen. Sonderbarerweise, dachte Martin, wirkte jetzt, da der Leichnam gewaschen und gekämmt war, auch die Kleidung des Toten nicht mehr so armselig und schmutzig wie zuvor. Martin schätzte den Mann auf um die fünfzig; sein Körper gab keinen Hinweis auf eine Krankheit oder darauf, dass Gewalt im Spiel gewesen war. Erst aus dem Fernsehen würden die Jungen erfahren, dass er an einer Gehirnblutung gestorben war. Jetzt aber, in dieser Haltung und in dem Sarg, kam er ihm, ohne dass er einen Grund für seinen Eindruck hätte nennen können, wie ein schlafender Stummfilmkomiker vor.

Der Friedhofswärter schmatzte mit den Lippen und schaute sich in der Hütte um. In einer Ecke stand eine Kiste Bier, von dort holte er sich eine Flasche. Auf einen Zug trank er eine halbe Flasche aus, dann wischte er sich mit dem Handrücken über den Mund und hob den Blick. Martin war es, als schaute er ihm direkt in die Augen. Rasch ging er in die Hocke und zog Thomas mit sich. Er deutete in Richtung der Bäume neben der Hütte. Geduckt rannten die Jungen in ihren Schutz.

Mittlerweile war die Nacht hereingebrochen. Ein halber Mond hing seltsam tief am Himmel, wie ein Scheinwerfer, in dem ein paar Glühbirnen kaputtgegangen waren. Martin und Thomas kauerten hinter einem der Bäume. Der Wärter trat aus der Hütte, versperrte die Tür und stapfte in Richtung der Kapelle davon. Offenbar hatte er Martin vorhin nicht bemerkt. Er nahm noch einen Schluck aus der Bierflasche und rülpste. Dann hörten sie ihn leise vor sich hin singen, was ihnen wie ein Wienerlied vorkam. Kurz darauf sprang das Moped an, und das Motorengeräusch entfernte sich allmählich.

Ganz still war es dann wieder auf dem Friedhof, wo sich die Jungen des Leichnams in der Hütte bewusst waren. Mondlicht schien auf die Gräber, zwischen denen sie herumgingen.

Als Thomas zu sprechen anfing, war seine Stimme kaum mehr als ein Flüstern; alles andere wäre den Jungen an diesem Ort und zu dieser Zeit unpassend vorgekommen.

»Ich stell mir manchmal vor«, sagte Thomas leise, »wie die Wurzeln der Bäume beim Wachsen an die Knochen der Toten stoßen.«

»Sicher weichen sie ihnen aus«, meinte Martin.

»Oder sie nehmen sie mit. Schlingen sich um sie und tragen sie mit sich.«

»So gehen die Skelette der Toten auf eine Reise.«

»So leben sie weiter ...«

»Sie wandern in unterirdischen Gängen, und vielleicht treffen sie dabei auf die Knochen anderer Toter.«

»Und dann wandern sie weiter, als hätten sie ein Ziel.«

Thomas wandte sich Martin zu. Dass er früher manchmal gedacht habe, das Leben hätte keinen Sinn, flüsterte er. Dass sich der ganze Aufwand eigentlich gar nicht lohne.

»Das darfst du nicht glauben«, warf Martin ein.

Das tue er ohnehin nicht mehr. Jetzt wolle er niemals sterben. »Nicht, wenn das Leben so schön ist wie mit dir.«

Martin spürte, wie ihm Hitze ins Gesicht fuhr. Er nahm Thomas in die Arme. »Du brauchst keine Angst vor dem Sterben zu haben«, flüsterte er zurück. »Wenn wir zusammen sind, sind wir unsterblich.«

WAS JETZT?

Die Morgendämmerung fiel durch die Spalten der Jalousien ins Zimmer. Das gedämpfte Knattern eines Motorrads entfernte sich, das gleichmäßige Brummen der Straßenkehrmaschine fuhr die Gasse entlang.

Thomas schlug die Augen auf und blieb einige Zeit so liegen. Ohne ihn zu berühren, fühlte er Martin neben sich. Thomas versuchte, an nichts zu denken; bloß zu atmen und neben Martin zu liegen und den Moment so lang zu genießen, wie er andauerte. Doch schließlich setzte er sich auf.

Martin neben ihm schloss die Augen, als er diese Bewegung spürte.

Thomas schaute auf ihn hinunter, dann stellte er fest: »Du schläfst nicht.«

»Nein«, murmelte Martin.

»Hast du überhaupt geschlafen?«

»Nein.«

Thomas warf einen raschen Blick auf den Wecker. »Ich zwei Stunden.«

»Und geschnarcht hast du.«

»Ich schnarche nicht!«

»Wie ein Walross.«

»Ich schnarche nie!«

»Woher willst du das wissen?«

»Die dreitausend Typen, mit denen ich im Bett war, haben mir das gesagt. Jeder Einzelne von ihnen.«

Nun setzte sich auch Martin auf. Thomas sah, dass er grinste. Doch gleich kippte dieses Grinsen, und Martins Augen waren belegt mit einer Mischung aus Traurigkeit und Verzweiflung.

Thomas zögerte. »Und was jetzt?«, fragte er dann.

»Was meinst du?«

Thomas strich Martin über die Schulter, seine Hand blieb in der Mulde unter dem Kinn liegen.

»Du bist stoppelig …«

»Also werde ich mich rasieren.«

»Und dann?«

»Trinken wir einen Kaffee.«

»Und dann? Verdammt, Martin, weich mir doch nicht aus! Du weißt ganz genau, was ich meine!«

Martin schlug die Bettdecke zurück und wandte sich ab. Er spürte Thomas' Hand in seinem Haar.

»Du darfst mich nicht drängen!«

»Ich will dich zu nichts drängen! Wie könnte ich nur!«, rief Thomas bitter. »Du hast das perfekte Leben! Frau, Kinder, Buchhandlung. Und ab und zu greifst du armen Künstlern unter die Arme und gibst ihnen eine Chance auszustellen. Welch nobler Zug!«

»Thomas, lass das! Bitte!« Martin versuchte, sich aus Thomas' Griff an den Schultern zu winden.

»Und jetzt hast du auch noch einen Lover.« Thomas redete sich in Rage. »Wie angenehm! Wie könnte ich nur auf die Idee kommen, dich zu etwas drängen zu wollen!«

Martin sprang auf die Beine. Er griff nach seinem Handy auf dem Nachtkästchen. Er schaltete es ein. Im Laufe der Nacht hatte er zwei Anrufe und drei Nachrichten von Margit erhalten.

»Ich muss los«, sagte er beim Aufstehen. »Ich habe zu Hause nicht gesagt, dass ich über Nacht wegbleiben würde.«

Thomas stellte sich ihm in den Weg. Sie standen einander nackt gegenüber, doch diesmal berührte ihn Thomas nicht. Stattdessen schaute er ihm direkt in die Augen. Für Martin war es, als wären die paar Zentimeter zwischen ihren Körpern mit Elektrizität aufgeladen.

»Entschuldige bitte!«, sagte Thomas. »Ich wollte nicht zerstören, was heute Nacht war.«

»Ist schon in Ordnung«, sagte Martin. »Ich war es, der zu dir gekommen ist. Also darf ich mich nicht darüber beklagen, dass mein Leben dadurch nicht einfacher geworden ist.«

Thomas schluckte. »Und was jetzt?«, wiederholte er.

Martin lächelte und küsste ihn auf den Mund. »Jetzt«, sagte er, »fahre ich doch nicht gleich los und würde stattdessen lieber mit meinem Lover einen Kaffee trinken.«

NÄCHTLICHE BILDER

In dieser Nacht tat Margit kein Auge zu. Sie lag in ihrem Bett und versuchte zu lesen, gab es jedoch auf, als sie bemerkte, dass sie den Sinn keines Satzes erfasste. Sie mühte sich am Küchentisch mit einem Kreuzworträtsel ab und resignierte bald. Sie trank eine große Tasse Kakao, ohne den Geschmack zu spüren. Sie ging im Wohnzimmer auf und ab, stieg schließlich die Stufen zur Buchhandlung hinunter und begann, eine Lieferung aus einer Kiste in die Regale zu ordnen. Als sie damit fertig war, ging sie im Kreis; wie in einem Labyrinth lief sie in der Buchhandlung herum, die nun nur vom Schein der Straßenlaternen, der durch die Schaufenster fiel, ein wenig erleuchtet wurde.

Die unsichtbaren Wände, gegen die sie dabei rannte, waren Szenen aus ihrem gemeinsamen Leben mit Martin, darum kreisten ihre Gedanken die ganze Zeit.

Das war der Abend, an dem sie sich kennengelernt hatten, bei einem Studentenfest kurz nach Unibeginn. Martin war noch ganz braun gebrannt von der verspäteten Maturareise im September gewesen, und sie hatte ihm in die Augen gesehen und auf einen Schlag gewusst, dass er der Einzige von all den Studenten um sie herum war, der sie wirklich interessierte.

Das war der Tag ihrer Hochzeit nur ein Jahr darauf, von dem es kein einziges Foto von ihr gab, weil sie, für eine Erwachsene ganz ungewöhnlich, eine Woche vor dem festgesetzten Termin die Masern gekriegt und sich deshalb verbeten hatte, fotografiert zu werden.

Das war die kleine Studentenwohnung, in der sie zusammen gewohnt hatten, und der Studienabschluss, den sie beide innerhalb desselben Monats gefeiert hatten, Martin in Theaterwissenschaften und Germanistik, sie selbst im Lehramt für Deutsch und Geschichte.

Zu diesem Zeitpunkt war Daniel bereits auf der Welt gewesen, kein Wunschkind und trotzdem ein Kind, das mit großer Freude und Liebe in ihrer kleinen Familie aufgenommen wurde. Margits Mutter war damals noch sehr agil und passte auf das Baby auf, wann immer es nötig war, damit Margit und Martin ihr Studium abschließen konnten.

Dann die ersten Anstellungen, Margit bis zu Lisas Eintritt in den Kindergarten nur mit einer halben Lehrverpflichtung in dem Gymnasium, in dem sie immer noch arbeitete, Martin als Lektor bei einem Verlag mit sehr freier Gestaltung der Arbeitszeit, was ihm ermöglichte, immer wenn Margit Unterricht hatte, für Daniel und Lisa da zu sein und zusätzlich die Buchhändlerlehre nachzuholen. Denn das Haus, in dem sie heute wohnten, hatten sie zu diesem Zeitpunkt schon gefunden, und der große Plan, hier eine Buchhandlung einzurichten, existierte bereits. Die Erbschaft nach einem Autounfall, bei dem Martins Eltern, zu denen er nie viel Kontakt gehabt hatte, ums Leben kamen, stellte das Kapital zur Verfügung, um diese Idee dann auch in die Realität umzusetzen.

Die Jahre dieses gemeinsamen Lebens mit einem Mann, den sie auch nach über zwanzig Jahren noch liebte und mit dem sie so viele Interessen teilte, waren so schnell vergangen, dass Margit manchmal dachte, sie wusste nicht, wie ihr geschah. Zwar fand ihr Sexleben seit einigen Jahren kaum mehr statt; doch Margit war keine Frau, die viel Sex brauchte, war es auch in jungen Jahren nicht gewesen, und auch Martin hatte sich noch nie beklagt. Miteinander zu kuscheln, im Arm des anderen zu liegen, bis ihr ein Zucken zeigte, dass er eingeschlafen war, das war doch viel wichtiger. Was wirklich zählte, dachte Margit immer, war doch, dass er nicht nur ihr Ehemann, sondern auch ihr bester Freund war. Ihr war klar, dass dieser Gedanke einem Klischee glich, wie man es immer wieder in den sogenannten Frauenromanen lesen konnte, die recht viele Kundinnen der Buchhandlung regelrecht verschlangen und von denen sie dann Margit begeistert erzählten. Dennoch entsprach diese Vorstellung dem, was Margit und – darüber gab es für sie keinen Zweifel – auch Martin fühlten. Und so war ihr klar, wie gut es ihr in ihrem Leben alles in allem ging. Zuweilen dachte sie mit der ihr eigenen Selbstironie, dass ihr ständiger Kampf gegen Waage und Gewicht der einzige Knackpunkt in ihrer Biografie war.

Das Problem war demnach nicht, dass Martin über Nacht weg war. Das Problem war, dass er ihr vorher nicht gesagt hatte, dass er wegbleiben würde. Martin war kein Mann, der anderen Frauen nachstarrte; Margit hatte völliges Vertrauen in ihn. Auf so etwas wie einen One-Night-Stand oder gar eine Affäre würde sich Martin nie und nimmer einlassen, darauf hätte sie ihr Haus verwettet. Aber als er sich bei ihren Anrufen nicht meldete und auch keine ihrer SMS beantwortete, wurde ihre Angst immer größer, dass ihm etwas passiert sein könnte.

Schon war sie kurz davor, die Polizei anzurufen, da erinnerte sie sich an eine Bemerkung über »hysterische Weiber«, die Martin anlässlich einer Fernsehsendung über Detektive, die im Auftrag von Ehefrauen den Ehemännern nachspionierten, fallen gelassen hatte. Mit einem sarkastischen Nachsatz über die Dummheit des Privatfernsehens und der Verblödung der Leute, die sich diese Sendungen ansahen, hatte er damals das Programm gewechselt.

Margit verstand seine Ansicht und gab ihm insgeheim recht. Trotzdem sah sie sich hin und wieder ganz gerne eine dieser Dokusoaps an, rein zur Entspannung, wie sie dann immer betonte. Ihr war klar, dass sie sich dann nicht allzu sehr von den frauenromanverschlingenden Kundinnen unterschied. Im Stillen rechtfertigte sie sich aber, dass sie ja keine dieser Ehefrauen war, deren Vermutungen über die Untreue ihrer Männer sich im Fernsehen am Ende der Sendungen immer als zutreffend herausstellten. Sie fürchtete wirklich nicht, dass Martin die Nacht bei einer anderen Frau verbrachte. Sie machte sich schlicht und einfach Sorgen um ihn.

Trotzdem zögerte Margit auch weiterhin, die Polizei anzurufen. Hätte es einen Unfall gegeben, versicherte sie sich selbst, dann wäre sie zweifellos mittlerweile verständigt worden. So ging sie in den Stunden zwischen Mitternacht und Morgen sinnierend durch die Buchhandlung und blieb schließlich vor dem Computer im Büro hinter der Kassentheke stehen. Sie schaute auf den Computer hinunter, zuerst ohne ihn wirklich zu sehen, setzte sich dann, schaltete ihn ein und begann, die gespeicherten Dateien zu durchforsten. Doch sie fand darin nichts von Interesse. Danach aktivierte sie die Internetverbindung, klickte die Leiste mit dem Verlauf der Adressen an und las Adressen, die sie kannte, die in der Erledigung des tagtäglichen Buchgeschäfts immer wieder besucht wurden, und las andere, die ihr nichts sagten, in denen aber die Worte »gay« und »boy« vorkamen. Sie öffnete die erste davon und sah sich auf einmal nackten Männern beim Sex gegenüber und starrte darauf, ohne sich auf Einzelheiten einzulassen. Margit verharrte so eine lange Weile. Schließlich schaltete sie den Computer ab. Sie stand auf, verließ das Büro und die Buchhandlung und ging die Treppe hinauf in die Wohnung und dort ins Schlafzimmer und ließ den Bademantel, den sie trug, einfach auf den Boden fallen. Sie legte sich ins Bett und lag dort mit offenen Augen, bis es Morgen war und sie aufstehen musste, um die Buchhandlung zu öffnen.

DER OLIVENBAUM

Die Eingangstüren zur Buchhandlung standen weit offen. Martin blieb stehen, drinnen konnte er Margit mit einer Kundin sprechen hören. Für einen Moment hielt er sich am Türrahmen fest, er wollte fahrige Bewegungen vermeiden, wenn er seiner Frau gleich gegenübertrat. Wie schon so oft in den letzten Tagen trat ihm dabei das Bild vor Augen, wie er im Schatten des Olivenbaumes stand. Es war an einer Kreuzung, von der aus Schotterwege zu den beiden Stränden hinunterführten, ein alter Olivenbaum mit verkrüppeltem Stamm und silbrigen Blättern. Im Schatten dieses Baumes stand Martin und wusste nicht weiter.

Die Maturareise, erst im September, wegen der niedrigeren Preise. Eine Woche Athen mit Besichtigungen in der Stadt und der Umgebung, eine zweite Woche auf der Insel Mykonos. Es war Martin gewesen, der zusammen mit einer Klassenkollegin die Reise zusammengestellt und auch Mykonos als Ziel ausgesucht hatte, die Mitschüler hatten sich ihnen angeschlossen. Zu diesem Zeitpunkt der Planung hatte er keine Ahnung davon gehabt, dass die Insel als beliebter Ferienort für Schwule galt. Aber natürlich waren ihm schon am ersten Abend in der Altstadt die vielen Männerpaare aufgefallen.

Und jetzt diese Busfahrt. Ein altersschwacher Linienbus mit Löchern im Boden, durch die man auf die Straße blicken konnte, brachte sie zum Strand. Die Schulfreunde saßen vorn in den Reihen hinter dem Fahrer, Martin saß hinter ihnen. Und in der letzten Reihe saßen drei Burschen. Sie waren vielleicht zwanzig Jahre alt, sicher nicht älter, trugen abgeschnittene Jeans, ärmellose Shirts, Holzketten und Lederbänder um den Hals. Einer von ihnen, dem eine blonde Haartolle in die Stirn hing, schaute unentwegt in Martins Richtung. Er beteiligte sich nicht an der Unterhaltung der anderen, das fiel Martin auf. Martin saß ans Fenster gelehnt, den einen Arm auf die Rücklehne des Sitzes gelegt, und schaute immer wieder zu dem Blonden und dann rasch wieder weg.

Der Bus hielt direkt vor dem Olivenbaum, und alle stiegen aus. Die Schulkollegen wandten sich zum linken Pfad, die drei Burschen zum rechten. Unschlüssig blieb Martin zwischen ihnen stehen. Der Bus fuhr mit Getöse wieder an und verschwand gleich darauf hinter der nächsten Kurve. Zurück blieb eine Staubwolke, die sich allmählich legte. Dann stand Martin da und rührte sich nicht. Der blonde Junge war ebenfalls stehen geblieben. Er stand vielleicht fünf Meter von Martin entfernt da und schaute Martin an, und Martin schaute ihn an. Außer dem Gezirpe von Zikaden war es ganz still.

Dann passierten zwei Dinge fast gleichzeitig. Der Junge streckte die Hand aus und hielt sie Martin entgegen. Und auf der anderen Seite tauchte ein Mädchen aus Martins Klasse auf.

»Wo bleibst du denn?«, rief sie.

»Da hinunter geht's zu einem anderen Strand«, sagte Martin.

Er hielt den Blick des Jungen mit seinen Augen fest, spürte aber, dass das Mädchen hinter ihm stand.

»Dort wollen wir nicht hin«, sagte sie leise und legte einen verschwörerischen Unterton in ihre Stimme, als sie hinzufügte: »Das ist der Strand für die Warmen. Weißt du das nicht?«

Martins Herz raste in seiner Brust, nach außen hin jedoch gab er sich ganz ruhig und gelassen. »Nein«, sagte er, »das habe ich nicht gewusst.«

Er holte tief Luft, als gelte es, eine schier endlose Strecke in unglaublicher Tiefe zu durchtauchen, dann senkte er den Blick. Er wandte sich zu dem Mädchen und nahm sie an der Hand.

»Gehen wir«, sagte er. »An den Strand mit den Warmen wollen wir ja nun wirklich nicht.«

So wie er damals aus dem Schatten des Olivenbaumes in die Hitze des griechischen Vormittags trat und den Weg einschlug, für den er sich entschieden hatte, ging Martin nun in die Buchhandlung. Die Kundin hatte sich gerade zum Gehen gewandt. Margit stand hinter der Kassa; offensichtlich hatte sie nicht viel oder gar nicht geschlafen, sie machte auf Martin einen abgekämpften Eindruck. Kaum sah sie ihn, fuhr ihr das Blut ins Gesicht.

»Guten Morgen«, sagte Martin.

Margit sagte nichts, und Martin stand vor der Theke und stieg von einem Fuß auf den anderen.

»Du, bitte sei mir nicht böse«, sagte er schließlich. »Es ist gestern spät geworden, und ich hab auch ein bisschen zu viel getrunken. Da wollte ich mich nicht mehr ins Auto setzen.«

Es schien Margit schwerzufallen, in einem normalen Ton zu sprechen. »Und wo warst du?«, stieß sie hervor.

»Bei Thomas, dem Maler, du weißt schon.«

»Bei Thomas, dem Maler.«

»Ja, genau. Ich wollte noch einige Fragen zur Ausstellung klären, und dann haben wir was getrunken und ...«

»Und das soll ich dir glauben?«

»Ich war wirklich dort, Margit.«

»Und du konntest mich nicht anrufen, und meine SMS hast du auch nicht gekriegt?«

»Doch, Margit. Entschuldige, ich weiß, es war nicht in Ordnung. Du hast dir sicher Sorgen gemacht ...«

Sie schnitt ihm mit einer abrupten Geste das Wort ab. »Aber ich hab mir doch keine Sorgen gemacht! Wieso sollte ich auch?« Sie rannte hinter der Theke hervor und auf Martin zu. Knapp vor ihm blieb sie stehen. »Heutzutage«, stieß sie hervor, »gibt es ja Ablenkungen für Ehefrauen, die zu Hause sitzen und sich Sorgen um ihre Männer machen.«

Martin darauf unsicher: »Ablenkungen?«

»Wie zum Beispiel das Internet. Tolle Sache. Ich bin ja nicht oft drin, weißt du. Aber heute Nacht bin ich so herumgesurft. Und rate mal, was ich da so alles entdeckt habe!«

Martin wollte etwas sagen, nur um etwas zu sagen, aber er bekam nicht genug Luft. Die körperliche Nähe zu Margit war ihm aber auf einmal zu groß. So machte er einen Schritt zurück, bis er in seinem

Rücken die Kante eines Bücherregals spürte. Dabei ließ er nicht den Blick von Margit. Es hätte ihn nicht gewundert, wenn sie sich plötzlich mit den Fäusten auf ihn gestürzt hätte.

Doch Margit reagierte ganz anders. Von einem Moment zum nächsten schien ihr Körper in sich zusammenzufallen. Ihre Schultern sackten nach unten, ihr Kopf war ihr offenbar mit einem Mal zu schwer. Es war, als hätte ihr die Wut den letzten Rest an Kraft gekostet, der ihr nach der durchwachten Nacht noch geblieben war.

»Weißt du«, sagte sie dann leise, »zuerst habe ich mich ja gefragt, ob du bei einer anderen Frau warst. Aber das hat sich dann geändert. Jetzt kenne ich mich ganz einfach nicht mehr aus mit dir.« Und als Nachsatz, bevor sie sich von ihm abwandte und die Treppe nach oben in die Wohnung ging: »Unbeleckt wie ich nun mal bin im Surfen, erlaube ich mir trotzdem, dir einen guten Rat geben: Denk in Zukunft daran, den Verlauf zu löschen.«

EIN NEUES LEBEN

Draußen brütete die Sommerhitze über der Stadt. Obwohl sich über dem Bett des Ventilator drehte, war es drinnen im Schlafzimmer nur unmerklich kühler. Schweiß klebte ihnen auf der Stirn und in den Haaren und auf der Brust, die sich anfangs noch ganz schnell hob und senkte; erst allmählich beruhigte sich ihr Atem.

Martins Kopf lag auf Thomas' Oberschenkeln, Thomas' Arm war noch immer um Martins Unterschenkel geschlungen, mit den Fingern strich Thomas ganz leicht durch die Haare auf Martins Beinen. So lagen sie da, und durch die Lamellen der Jalousien schraffierte Sonne das Zimmer, und das gedämpfte Licht veränderte sich so unmerklich, wie die Minuten an diesem schläfrigen Nachmittag vergingen.

Auf einmal, ohne sich zu rühren, sagte Martin: »Du wirst mein Leben zerstören.«

Thomas, der fast eingeschlafen war, blinzelte. »Ich gebe dir die Chance, ein neues zu beginnen«, entgegnete er leise.

Martin sagte eine Zeit lang nichts. Dann meinte er: »Wenn ich nur wüsste, ob ich das überhaupt will.«

Thomas erwiderte: »Das musst du selbst herausfinden.«

Sonst sagte Thomas nichts, denn das Thema war ihm zu heikel. Er löste sich von Martins Körper und stand auf. Er ging in die Küche. Er ließ das Wasser eine Weile laufen, bis es ganz kalt war, dann füllte er ein Glas. Er trank es auf einen Zug aus, gierig und als wäre er am Verdursten. Er kümmerte sich nicht um die Tropfen, die ihm vom Kinn auf die Brust rannen. Ohne Pause füllte er ein zweites Glas. Erst als er auch dieses geleert hatte, hielt er inne. Er stand vor der Spüle, das leere Glas noch in der Hand, und merkte, dass er den Bauch zwar voller Wasser hatte, sein Durst aber nicht wirklich gestillt war.

Dann ging er ins Schlafzimmer zurück. Martin war eingeschlafen. Vorsichtig setzte sich Thomas auf die Bettkante und schaute Martins Gesicht mit den geschlossenen Augen an. Er sagte nichts, er ließ Martin schlafen. Er wollte den Moment nicht zerstören, wollte das Zusammensein mit Martin genießen, solange es möglich war. Ihm war klar, wie rasch Martin wieder aus seinem Leben verschwinden konnte, schließlich hatte er das schon einmal durchgemacht. Er hatte Martin damals im Auwald nichts davon erzählt, aber er hatte schon Pläne für sie beide gemacht. Er hatte sich die Zukunft zusammen mit Martin vorgestellt. Es war so herrlich, mit jemandem zusammen zu sein, vor dem er keine Angst zu haben brauchte. All die Jahre seiner Kindheit und Jugend, während derer er sich unwillkürlich geduckt hatte, wenn er die Schritte seines Vaters auch nur hörte, hatten ihn zu einem gebrannten Kind gemacht. Und so träumte er davon, sich mit Martin ein Leben aufzubauen, in dem er einem anderen Menschen vertrauen konnte.

Thomas hatte die Situation vor Augen, als wäre es gestern gewesen: Wie er heimkam vom Auwald, nach einem dieser wunderbar endlosen Tage mit Martin, die sie mit Schwimmen und Faulsein verbrachten und mit Dingen, die sich Thomas bis dahin nur beim Wichsen vorgestellt hatte. Sie waren jetzt seit fast sieben Wochen zusammen, der Sommer ging seinem Ende entgegen, doch für Thomas war klar, dass sich zwischen ihnen auch im Herbst nichts ändern würde. Als Thomas um die Ecke der Gasse bog, in der er wohnte, brach ein plötzliches Gewitter los und schwemmte die Sommerhitze fort.

Bis auf die Haut durchnässt, betrat Thomas die Wohnung. Er horchte und atmete auf, vom Vater war nichts zu sehen. Er ging ins Badezimmer und zog sich das Shirt über den Kopf und stieg aus Hose und Badehose. Er rieb sich mit einem Handtuch das Gesicht und die Haare trocken, dann ging er nackt ins Schlafzimmer seines Vaters. Im Spiegel auf der Innenseite einer der Kastentüren betrachtete sich Thomas. Seit er mit Martin zusammen war, kam er sich zum ersten Mal in seinem Leben schön vor. Er hatte sich immer für zu dünn und zu schmächtig gehalten, doch genau das gefiel Martin an ihm, hatte dieser schon mehrmals gesagt. Und wie Martin auf Thomas' Körper reagierte, bewies, dass er die Wahrheit sagte. Daran dachte Thomas und strich sich dabei ganz leicht über die Brust und über die Beine, spürte seine Haut und die Muskeln darunter. »*Hold me now*«, sang er leise und wiegte sich mit der Melodie, »*don't cry, don't say a word …*«

Thomas bekam eine Gänsehaut. Sein Schwanz wurde steif, und er ließ sich auf das Bett seines Vaters fallen und dachte an seinen eigenen nackten Körper und an den von Martin. Er spritzte ab, als er die Wohnungstür ins Schloss fallen hörte. Wie üblich führte den Vater der erste Weg zum Kühlschrank, deshalb gelang es Thomas, ungesehen ins Badezimmer zu schlüpfen.

Dort sperrte er die Tür hinter sich zu, ließ die Wanne volllaufen und legte sich ins warme Wasser. Er schloss die Augen und dachte an Martin und wie wohl er sich fühlte und dass es nicht einmal seinem Vater gelang, dieses Wohlsein in seinem neuen Leben zu zerstören.

TÄUSCHUNG

Martin saß auf seiner Seite auf dem Rand des Bettes, ein Handtuch um die Hüften geschlungen, die Haare noch nass vom Duschen. Er saß da vornübergebeugt, die Hände zwischen den Knien gefaltet. Er hörte durch die geschlossene Tür im Badezimmer das Wasser rauschen, Margit war nach ihm in die Dusche gestiegen.

Daniel und Lisa hatten vorhin angerufen, beide zufälligerweise innerhalb derselben Stunde, und ihre Rückkehr für die nächste Woche angekündigt. Martin fragte sich, ob das etwas ändern würde. Sollte er mit Daniel und Lisa reden oder mit Margit oder mit allen dreien zusammen? In welche Richtung würde ein solches Gespräch, eine solche *Aussprache* gehen? Trotz der Gewissensbisse, die ihn plagten, weil er Margit belog und betrog, wehrte sich Martin innerlich gegen den Charakter einer Beichte, den ein solches Gespräch in seiner Vorstellung immer annahm.

Was sollte er sagen? Also hallo, ich wollte euch was mitteilen: Ich habe herausgefunden, dass ich schwul bin, und ich habe einen Liebhaber und weiß nun zwar, wer und was ich wirklich bin und dass ich mich selbst ein Leben lang getäuscht habe, aber wie es nun weitergehen soll, davon habe ich keine Ahnung, könnt ihr mir vielleicht helfen?

Und die Kinder: Super, Papa, Schwule sind eh coole Typen. Und mit einem kumpelhaften Schulterklopfen: Zwischen uns wird sich nichts ändern. Und Margit, dass sie ihn so akzeptierte, wie er war, und mit dem Leben, wie es ihm vorschwebte, mit Lover und bester Freundin, die zufällig auch die Ehefrau war, total zufrieden wäre, sich nie wie das fünfte Rad am Wagen fühlen und nie darunter leiden würde, wenn er Zeit mit Thomas verbrachte. Und dann, um die Runde komplett zu machen, auch noch Thomas mit der Versicherung, es würde ihm genügen, nur vereinzelte Abende und Wochenenden mit ihm verbringen zu können, und Weihnachten feierte er ohnehin lieber allein, da brauchte er sich keine Gedanken zu machen, wenn er mit der Familie zusammen wäre.

Fast musste Martin über sich selbst lachen, so unwirklich erschien ihm diese Vorstellung. Wobei ihn die Alternativen dazu so sehr erschreckten, dass er besser gar nicht darüber nachdachte. Die Alternativen, das war zum einen, Margit zu verlassen, sich scheiden zu lassen und mit Thomas zusammenzuleben: totaler Neuanfang, alle Brücken hinter sich abbrechen. Und zum anderen, sich von Thomas zu trennen, zum zweiten Mal bereits, und zu versuchen, seine schwulen Neigungen so wie bisher zu unterdrücken, zurück in sein altes Leben, in der Gewissheit, früher oder später am Selbstbetrug zu zerbrechen.

Martin schüttelte den Kopf, sprang auf und stand auf einmal direkt vor Margit, die aus dem Badezimmer gekommen war, ohne dass es ihm aufgefallen war. Margit war nackt und leckte sich über die Lippen. Sie sah aus wie die hilflose Imitation einer Filmsexbombe, in Wirklichkeit jedoch ohne alles Aufreizende, stattdessen ein wortloses Eingeständnis ihrer Nervosität. Zögernd berührte sie Martin an der Brust, strich ihm bis zur Schulter hoch und dann über die Wange. Gleichzeitig löste sie mit der anderen Hand das Badetuch, das zu Boden fiel. Margits Gesicht näherte sich dem seinen. Sie küsste ihn und bei der Art und Weise, wie sie das tat, merkte Martin, dass sie sich dabei fragte, ob es klug war, was sie machte. Trotzdem reagierte Martin darauf; seine Zunge in ihrem Mund wischte ihre Bedenken zur Seite. Sie fuhr mit den Fingern seine Wirbelsäule entlang nach unten und zwischen seine Hinterbacken. Das hatte sie bislang noch nie getan. Martin spürte ihre Finger an Stellen, die immer tabu für Margit gewesen waren. Sie versucht, mich zu manipulieren, schoss es ihm durch den Kopf, sie macht Dinge, von denen sie glaubt, dass sie mir gefallen, obwohl sie sich gar nichts daraus macht. Trotz dieser Gedanken war Martins Schwanz steif; der Ärger darüber, was er für Margits plumpe Versuche hielt, ihm zu gefallen, machte ihn geil auf sie.

Margit ging vor ihm in die Knie, umfasste seinen Schwanz und nahm ihn in den Mund. Dabei begann sie, seine Hoden zu massieren. Auch das hatte sie früher nie getan. Martin stieß so tief in ihren Mund, dass er sie zurückzucken spürte. Doch noch bevor das zum Thema seiner Gedanken werden konnte, packte er sie unter den Achseln und zog sie hoch. Gierig saugte er an ihren Brustwarzen, dann drehte er sie zum Bett und drückte sie nach unten. Er legte sich auf sie und drang in sie ein. Margit lag unter ihm und ihm war, als quollen ihre Brüste aus dem weißen Fleisch hervor. Martin bewegte sich auf ihr, aber mit einem Mal waren die Empfindungen in seinem Schwanz verschwunden. Ihm kam es vor, als steckte er in einer riesigen nassen Höhle, die sich weiter und weiter ausdehnte, die sich über Martins Glieder stülpte, bis sie ihn mit Haut und Haar verschlungen hatte.

Doch er wollte zu Ende bringen, was er begonnen hatte, wollte damit Margit und sich selbst beweisen, dass er dazu fähig war. Wütend stieß Martin zu, doch er spürte nichts mehr. Er schloss die Augen und versuchte, sich zu konzentrieren. Im Geiste sah er sich auf Thomas, dessen Körper gleich von gesichtslosen Körpern aus Pornofilmen abgelöst wurde. Im nächsten Moment aber konnte er seine Vorstellungen nicht mehr kontrollieren. Schon war es Martin, der unten lag und von Thomas gefickt wurde, und gleich darauf von einem Pornodarsteller nach dem anderen, und dann saß Margit auf ihm, und ihr Fleisch wucherte zu wahren Bergen und drohte, ihn unter ihrem Gewicht zu zerquetschen.

Mit einem Schrei stieß sich Martin von ihr ab und stolperte vom Bett zurück. Dort stand er, heftig atmend und schweißüberströmt und mit zusammengeschrumpftem Schwanz. Margit richtete sich im Bett auf und starrte ihn an. Mit unsicheren Bewegungen hob Martin sein Badetuch vom Boden auf und schlang es wieder um seine Hüften. Dann wandte er sich zum Fenster.

Hinter seinem Rücken quietschte das Bett, als Margit aufstand. Er sah ihre Spiegelung unschlüssig mitten im Zimmer stehen.

»Was ist los mit dir?«, hörte er Margit fragen.

»Nichts ist los«, fuhr Martin ihre Reflexion an. »Soll ich dir etwas vorspielen?«

»Du kannst mich nicht täuschen.«

»Ich versuche nicht, dich zu täuschen. Und wenn irgendwie möglich, mich selbst auch nicht mehr.«

»Du sollst wieder du sein.«

»*Ich bin ich*. Mehr als je zuvor.«

»Und was bin ich für dich?«

»Ich weiß nicht, was du meinst.«

»Wir müssen reden.«

»Ich will nicht reden.«

Eine lange Weile standen sie so da, und Martin kam es vor, als hätten sie nichts mehr gemeinsam. Er drehte sich erst wieder vom Fenster weg, als Margit das Zimmer verlassen hatte.

NAMENLOS

In diesem August löste ein heißer Tag den nächsten ab. Sie trafen sich jeden Tag, brachten Handtücher, ein Radio, Cola und Bier mit, zogen durch den Hafen und am Friedhof vorbei und suchten sich ein stilles Plätzchen im Auwald. Die Flaschen banden sie an ein Seil, in der Donauströmung blieben sie schön kühl. Sie schwammen im Fluss, lagen im Gras und schauten in den Himmel, und wenn sie Lust dazu hatten, gingen sie ein Stück tiefer ins Gebüsch und liebten sich. Dabei gingen sie fast so vertraut miteinander um, als würden sie sich schon ein Leben lang kennen. So vergingen die Tage so zeitlos und ohne Schwere wie ein Wunschtraum, der Wirklichkeit geworden war.

Doch einmal lag Thomas bei Martin, den Kopf an seinem Schlüsselbein, sein Atem war ruhig. Martins Augen waren offen, er schaute zu den Wipfeln der Bäume hoch. Wind trieb die Zweige hin und her; die Bewegungen waren wie das Schlagen von Wellen, dazu ein Rauschen, das aber nicht von der Donau kam.

Eigentlich dachte Martin, dass Thomas schlief, doch auf einmal richtete er sich auf. Er blinzelte und küsste ihn.

»Geht's dir gut?«, fragte Thomas.

»Mit dir geht's mir gut«, sagte Martin.

»Das beruht auf Gegenseitigkeit.«

Er lächelte, doch Martin blieb ernst.

»Was ist?«, fragte Thomas.

»Ich habe nachgedacht«, sagte Martin.

Thomas blieb bei seinem ironischen Ton. »Und zu welcher Erkenntnis bist du gekommen?«

»Wir zwei passen hierher«, sagte Martin.

»Hierher? In den Auwald?« Thomas kratzte sich an der Schulter. »Zu all den Käfern und Mücken?«

»Zum Friedhof der Namenlosen. Auch wir müssen namenlos sein.«

»Aber ich kenne deinen Namen.«

»Du kennst meinen, und ich kenne deinen, das ist ja klar. Aber sonst darf niemand wissen, wer wir sind. Weil niemand wissen darf, was wir hier tun. Wir und die Dinge, die wir tun, müssen namenlos bleiben.«

»Es ist doch schön, was wir tun.«

»Aber ...«

Thomas setzte sich auf. »Weißt du, was ich manchmal glaube? Ich glaube, dass du Angst vor dir selbst hast. Und vor dem, was schön ist und was uns Spaß macht.«

»Nein, du verstehst mich falsch. Ich ...«

»Ich verstehe dich schon richtig«, unterbrach Thomas ihn abermals. »Aber ich empfinde eben ganz anders als du. Ich habe vor etwas ganz anderem Angst. Ich habe Angst, nicht mehr aufzuwachen, wenn ich eingeschlafen bin. Ich habe Angst, nicht zu leben, weil das Leben mit dir einfach zu schön ist. Ich sehe mich nicht als einer von diesen Toten, von diesen Namenlosen.«

»Ich meine ja nicht, dass ich tot sein will!«, protestierte Martin. Jetzt versuchte er ein Lächeln, um damit dem Gespräch die Schärfe zu nehmen.

Doch Thomas ließ sich darauf nicht ein. »Für mich wirkt das anders«, entgegnete er heftig. »Dir kommt das, was wir machen, so schlimm vor, dass du es geheim halten willst. Du kriegst total die Panik beim Gedanken, dass die Außenwelt erfahren könnte, dass wir uns gernhaben.« Er hielt einen Moment inne, dann setzte er nach: »Weil das bedeuten würde, dass alle wissen, dass du schwul bist.«

Thomas stand auf und begann sich anzuziehen. Martin versuchte, ihn wieder zu sich zu zerren, aber Thomas wand sich aus seinem Griff.

»Ich stehe zu mir, und ich stehe zu uns«, sagte er.

»Das tue ich auch«, sagte Martin.

»Das glaube ich nicht.«

»Doch, es ist so«, versicherte ihm Martin. »Ich brauche einfach mehr Zeit als du. Ich habe noch nie in meinem Leben jemanden so gemocht wie dich, das musst du mir glauben. Und dazu stehe ich auch!«

»Ich möchte es dir ja glauben …«

»Nichts spricht dagegen.«

»Beweise es mir!«

»Und wie soll ich das tun?«

»Stell mich deinen Eltern vor. Als deinen Freund.«

»Das kann ich nicht.«

»Komm schon! Ich möchte endlich sehen, wo und wie du wohnst.« Er kniff ihn spielerisch in den Oberarm. »Du reicher, wohlstandsverwahrloster Balg.«

Martin zögerte. »Aber nur als meinen Freund werde ich dich vorstellen«, sagte er dann. »Nichts Schwules. Über dieses Thema wird vor meinen Eltern nicht geredet, in Ordnung?«

Thomas zog die Brauen in die Höhe und wedelte theatralisch mit den Händen vor Martins Gesicht.

»*Here I am*«, flötete er mit spitzen Lippen, »Mr. Machoman in Person.«

NICHT GEKANNT

Margit saß im Garten, mit Herzklopfen kam Martin auf sie zu. Sie saß unter dem Nussbaum, auf der Bank neben ihr lag eine Zeitung. Es war ein lauer Abend, Dämmerlicht hing zwischen den Schattenrissen der Bäume und Sträucher.

Martin blieb vor ihr stehen. »Der Laden ist zu«, sagte er. »Heute war nicht viel los.«

»Dann hattest du ja Zeit zum Nachdenken«, erwiderte Margit.

Sie blickte zu ihm und wieder weg. Er zog einen Gartensessel heran und setzte sich in ihre Nähe. Eine Zeit lang sagte er nichts, und Margit schaute zum Wipfel des Nussbaumes hoch, als gäbe es zwischen den Ästen etwas Interessantes zu entdecken.

Dann räusperte sich Martin und begann zu sprechen: »Wir sollten miteinander reden.«

»Worüber denn?«

»Das weißt du doch …«

»Ich will nicht reden.«

»Da wird uns nichts anderes übrig bleiben. Margit, ich …« Er zögerte, er schluckte, schließlich brachte er es heraus: »Ich bin schwul.«

In ihrem Gesicht gab es keine äußere Regung. »Du bist *was*?«

»Das kann doch keine Überraschung für dich sein. Du musst es schon längst gewusst haben. Du hast ja die Seiten im Internet gefunden.«

Margit brauste auf. »Sag du mir nicht, was ich muss! Und irgendwelche Seiten kann man sich immer anschauen, das sagt noch lange nichts.«

Martin gab sich Mühe, ruhig zu bleiben. »In meinem Fall sagt es etwas. Nämlich, dass ich schwul bin.«

Margit fuhr sich an den Kopf. »Wie kannst du das sein? Du hast zwei Kinder. Mir kommt es vor, als wäre ich im falschen Film!«

»Die Kinder ändern nichts daran. Es gibt viele Männer in einer solchen Situation.«

Ein bitteres Lachen. »Und Ehefrauen, die von ihnen belogen und betrogen werden.«

»Ich belüge dich nicht, Margit.«

»Alles, was aus deinem Mund kommt, sind Lügen!«

»Das stimmt doch nicht! Glaubst du, es fällt mir leicht, so offen mit dir zu reden?«

»Du hast mich angelogen, all die Jahre! Gib's doch zumindest jetzt zu. Unser ganzes gemeinsames Leben war eine einzige große Lüge!«

»Das war es nicht. Ich habe dich immer geliebt. Und ich liebe dich auch jetzt noch.«

Margit sprang auf. »Wie soll das möglich sein, wo du doch ein verdammter Schwuler bist!«

Ihre Stimme überschlug sich vor Wut. Das nahm Martin die Luft und schnürte ihm die Worte im Kehlkopf ab.

Trotzdem brachte er hervor: »Margit, wir sollten nicht …«

»Sag du mir nicht, was ich tun sollte!«, brüllte sie mit hochrotem Gesicht. »Du Arschficker! Du Schwanzlutscher! Ja, da schaust du groß! Ich habe mich schlaugemacht, auch ich kann im Internet surfen. Du kannst vor mir nicht verheimlichen, worauf du stehst.«

»Ich will nichts vor dir verheimlichen, das will ich nie mehr tun müssen.« Auch Martin stand jetzt auf, er kam einen Schritt auf sie zu. »Und du hast recht: Ich habe dich im Laufe der Zeit angelogen. Was hätte ich denn tun sollen? Aber auch das will ich nicht mehr. Ich will, dass zwischen uns Ehrlichkeit herrscht.«

Da sprang Margit auf ihn zu und gab ihm eine Ohrfeige, und als Martin noch mit verdutztem Gesicht vor ihr stand, versetzte sie ihm mit aller Kraft einen Stoß gegen die Brust.

»Ehrlichkeit?«, schrie sie ihn an. »Damit du ohne Gewissensbisse Männer ficken kannst!«

Martin taumelte zurück. »Es gibt nicht Männer im Plural«, sagte er leise. »Es gibt nur einen, den Thomas.«

Für einen Moment war Margit sprachlos. »Den Maler?«, fragte sie dann. »Du fickst mit diesem Maler? Mein Gott, ich hätte ihn hochkant hinauswerfen sollen!«

»Das hätte doch auch nichts geändert. Wir kennen uns schon seit einer Ewigkeit.«

»Noch bevor wir uns kennengelernt haben?«

Martin nickte. »Mit siebzehn waren wir einen Sommer lang zusammen. Wir haben uns im Auwald an der Donau getroffen, fast jeden Tag. Wir ... haben uns geliebt ...«

»Ach, ihr habt euch geliebt – wie rührend!« Sie stand vor ihm wie ein Tier auf der Lauer. »Wieso seid ihr denn dann nicht beisammengeblieben?«

»Ich hatte einfach nicht den Mut. Ich hatte solche Angst. Davor, mir einzugestehen, wer und was ich bin. Dazu kam, dass ich immer Kinder wollte. Du kennst die Verhältnisse, die bei mir zu Hause geherrscht haben. Ich habe mir nichts so sehr gewünscht wie eine heile Familie. Das hätte ich mit Thomas nicht verwirklichen können.«

»Also hast du dir eine Notlösung gesucht, und zufällig kam ich gerade daher.«

»Du warst nie eine Notlösung!«

»Du hast mir etwas vorgespielt.« Sie klang verletzt.

»Ich habe dir nichts vorgespielt, Margit.« Er kam wieder auf sie zu. »Ich habe mich wirklich in dich verliebt. Auf den ersten Blick sozusagen, auf diesem Studentenfest. Und an meinen Gefühlen zu dir hat sich absolut nichts geändert.«

»Das heißt, diesen Mann liebst du nicht?« In Margits Stimme schwang so etwas wie Hoffnung mit. »Es ist ... nur der Sex?«

Martin seufzte. »So einfach ist es leider nicht.«

»Was heißt das?«

»Ich ... liebe auch ihn.«

Margit war sprachlos, dann brach es aus ihr heraus: »Na, da hast du's aber wirklich bequem. Du liebst gleich zwei Menschen, einen

Mann und eine Frau, und bist aus dem Schneider! Jetzt werde ich dir mal etwas sagen, das nicht so angenehm ist: Du hast mir mein Leben gestohlen, du hast mich die ganze Zeit getäuscht. Und nicht nur mich, auch die Kinder. Was sagen wir ihnen, wenn sie nach Hause kommen?« Fast spuckte sie die Worte auf Martin. »Euer Vater will uns verlassen, weil er beschlossen hat, schwul zu sein?«

»Ich will euch nicht verlassen!«

Margit schlug die Hand weg, die Martin nach ihr ausstreckte. »Ach Scheiße, wie stellst du dir das vor? Leidest du unter totaler Realitätsverweigerung? Ein Zusammenleben mit Ehefrau und Lover und die Kinder im Anhang und keiner der Beteiligten leidet darunter? Das gibt's vielleicht in irgendwelchen schwulen Liebesgeschichten, ich kenne mich da bei Gott nicht so aus. Aber das ist nicht die Wirklichkeit, mein Lieber!«

Jetzt schrie auch Martin: »Aber auch ich habe ein Recht, mein Leben so zu leben, wie es für mich gut ist! Ich kann nicht immer Rücksicht auf andere nehmen.«

Margit wischte seinen Einwand mit einer ungeduldigen Geste weg. »Wer hat vorhin etwas von einer heilen Familie geschwafelt? Ich würde mal sagen, diesen Traum hast du ganz gehörig in den Sand gesetzt!«

»Ach Margit, mach es mir doch nicht so schwer!«

»Nicht ich mache hier irgendetwas für irgendjemanden schwer. Das hast du alles selbst zu verantworten.« Sie klang verächtlich. »Weißt du, was immer *meine* Vision vom Leben war? Ich wollte mit dir gemeinsam alt werden. Du selbst hast diese Worte an unserem letzten Hochzeitstag gebraucht, und ich habe sie dir geglaubt. Ich wollte mit dir alt werden in einer Verbundenheit, wie ich sie mir mit keinem anderen Menschen hätte vorstellen können.« Sie blickte ihm in die Augen. »Und jetzt erkenne ich dich nicht wieder.«

»Ich bin derselbe, der ich immer war.«

»Du bist der Mensch, dem ich über Jahrzehnte vertraut habe wie sonst keinem – hundertprozentig.« Sie sprach jetzt ganz leise. »Aber du hast mein Vertrauen missbraucht. Du hast *mich* missbraucht.

Und jetzt verstehe ich, dass ich dich gar nicht gekannt habe. Kein bisschen habe ich dich gekannt.«

Margit schaute zu Boden, dann hob sie wieder den Blick. In ihren Augen schimmerten Tränen, aber um ihren Mund hatte sie einen harten Zug. Sie holte tief Luft, als wollte sie noch etwas sagen, ließ es dann aber bleiben.

Stattdessen ging sie an Martin vorbei durch den Garten und durch den Hintereingang ins Haus.

ZU HAUSE

Mit hochrotem Gesicht stand die Mutter vor ihnen, in ihrem türkisgrünen Hausanzug. Sie schwankte leicht, stieg ständig von einem Bein aufs andere, als würde es ihr nur auf diese Weise gelingen, das Gleichgewicht zu halten. In einem Film, dachte Martin, hätte sie wahrscheinlich ein halbvolles Glas mit einem hochprozentigen alkoholischen Getränk in der einen, eine Zigarette in der anderen Hand gehabt. Doch das hier war kein Film, das hier war die Wirklichkeit, und Martin war bewusst, dass sich seine Mutter nicht so seltsam verhielt, weil sie betrunken war, sondern weil sie starke Antidepressiva nahm.

Deshalb auch das teilweise unverständliche Lallen, mit dem sie Thomas begrüßte und anbot, doch gemeinsam mit ihnen zu essen, sie würde etwas kommen lassen, was Thomas denn möge, etwas Ordentliches, ein Steak vielleicht, würde ihm auf keinen Fall schaden, so dünn, wie er sei. Thomas war nicht überrascht oder vor den Kopf gestoßen, als er der Mutter die Hand gab und sie ihm dabei so nahe kam, dass er ihren Busen an seiner Brust spüren konnte. Martin hatte seinen Freund über das Verhalten der Mutter vorgewarnt, und ein Auftauchen des Vaters um diese Tageszeit war ja nicht zu erwarten.

»Wir sind nur kurz hier«, schlug Martin das Angebot aus.

Er zog Thomas mit sich und die Treppe hinauf, bevor er etwas sagen konnte. Die Tür fiel hinter ihnen ins Schloss, und Thomas bemerkte, dass Martins Schultern, die er bisher betont gerade gehalten hatte, nach vorn sackten.

»Ich finde, sie sollten sich scheiden lassen, anstatt tagtäglich diese Horrorshow aufzuführen«, stieß Martin hervor.

Thomas begann eine Runde durch das Zimmer, das gut viermal so groß war wie sein eigenes, und besah sich die teuren Holzmöbel, die unzähligen Bücher im Regal und den Plattenspieler auf dem Boden, zwei Boxen daneben und ein Stapel LPs davor, zuoberst Shirley Bassey, dann die Poster aus *Bravo* und *Rennbahn Express* über dem Bett und rundum an den blau gestrichenen Wänden: River Phoenix mit seinem traurigen Blick war darunter, Rob Lowe mit nacktem Oberkörper und Julian Sands mit seinen schönen blonden Haaren in *Zimmer mit Aussicht* und Plakate von *Breakfast Club* und *Mein wunderbarer Waschsalon*, darauf zwei junge Männer, ein blonder und ein dunkelhäutiger, offensichtlich ein Liebespaar. Thomas hätte mit Martin gern über die Schauspieler und Filme und die Musik geredet, die Martin mochte, auch darüber, wie traumhaft das Zimmer im Vergleich zu dem winzigen Raum mit den Möbeln aus billigen, verzogenen Spannplatten war, in dem er selbst wohnte, und dass seine Wände kahl waren, weil sein Vater regelmäßig die Poster von Limahl und seiner Gruppe Kajagoogoo und von Johnny Logan und anderen Teilnehmern des Song Contest, die er aufgehängt hatte, herunterriss. Aber er fing nicht davon an, es war klar, dass der Freund im Augenblick kein Interesse daran hatte.

Stattdessen warf Thomas einen langen Blick aus der Tür zum Balkon auf den gepflegten Garten mit dem Pool. Dann setzte er sich einen Moment lang auf die Kante von Martins Bett und überlegte, dass es groß genug war, um darin zu zweit zu schlafen. Doch Martin dachte jetzt wohl nicht an so etwas, er wartete auf eine Antwort von ihm. Rasch stand er wieder auf und wandte sich dem Freund zu, der mitten im Zimmer stand, als gehörte er gar nicht hierher.

»Wieso tun sie es nicht – sich scheiden lassen?«

»Ist mir schleierhaft. Wahrscheinlich sind es Papas politische Ambitionen. Er sitzt im Stadtrat und braucht eine Frau zum Vorzeigen.«

»Aber so zum Vorzeigen ist deine Mutter eher nicht«, warf Thomas vorsichtig ein.

Martin lachte bitter. »Das kannst du laut sagen!« Er hielt inne. »Nur wenn sie sich wirklich Mühe gibt, wenn sie sich herrichtet und toll anzieht, sie hat ja ganze Schränke voll teurer Klamotten, und wenn sie sich total zusammenreißt, dann gibt sie immer noch was her. Wenn sie auf einen Ball gehen oder bei einem wichtigen Empfang.«

»Das schafft sie?«

Martin nickte. »Das schafft sie. Sie ist dann sogar auf Schuhen mit hohen Absätzen sicher unterwegs. Ich glaube, die Angst davor, was passiert, wenn sie meinem Vater die Show vermasselt, ist zu groß. Denn das Einzige, was für ihn zählt, ist der äußere Schein. Sonst kümmert er sich nicht um sie, und um mich auch nicht. Ich glaube, wir sind ihm im Grunde genommen völlig egal.«

»Echt arg ist das.«

»Und am Tag danach ist sie total am Boden. Noch schlimmer als sonst. Absolut nicht ansprechbar.«

»Ich kann verstehen, dass dich das fertigmacht.«

»Ich finde, dass Kinder in einer guten Familie aufwachsen sollten. Damit meine ich nicht, dass sie besonders viel Geld haben müssen. Schau dich um, an Geld mangelt es hier nicht, und trotzdem sind alle unglücklich!« Er lief ein paar Schritte auf und ab und blieb dann wieder stehen. »Ich meine, in einer Familie, in der Frieden herrscht, sollen sie aufwachsen, das meine ich.« Er sah Thomas an. »Kannst du mich verstehen?«

Thomas gab eine Art Schnaufen von sich. Und ob er Martin verstehen konnte! Er könnte ihn nicht mal zu sich nach Hause einladen, könnte ihm nicht so einfach die Wohnung und sein Zimmer zeigen. Außer er wäre ganz sicher, dass sein Vater nicht da wäre und auch nicht überraschend heimkäme. Denn es wäre denkbar, dass sich der Vater in einer plötzlichen Wut auf Martin stürzte und ihn verprügelte. Davon hatte er seinem Freund aber noch nie erzählt, davon hatte er keine Ahnung. So weit, ihm das alles zu erzählen, war er noch nicht; obwohl nicht viel gefehlt hatte, als ihn Martin wegen der Narbe an der Schläfe gefragt hatte.

»Das kann ich«, sagte er leise. »Ich kann dich sehr gut verstehen. Und vielleicht ist das der Grund, weshalb wir zueinander gefunden haben.«

Er ging auf Martin zu und legte die Arme um ihn. Flüchtig berührten sich ihre Lippen, und Thomas merkte, das Martin zitterte und dass seine Wangen nass waren.

»Weißt du, was ich mir wünsche?«, flüsterte Martin mit rauer Stimme. »Mehr als alles andere?«

»Sag's mir.«

»Ich will einmal eine normale Familie haben. Ich will ein guter Vater sein und eine Frau haben, die eine gute Mutter ist, und mindestens ein Kind, das sich in unserem Haus geborgen fühlt. Das wünsche ich mir am allermeisten.«

Thomas sagte nichts darauf, er wäre dazu nicht fähig gewesen. Bei Martins Worten hatte sich sein Herz zusammengezogen, und nun war es ein Knoten, der ihm die Brust und den Hals zuschnürte. Trotzdem hielt er den Freund ganz fest; er streichelte ihm über den Rücken und durch die Haare und ließ ihn weinen. Es dauerte eine geraume Weile, bis er sich ausgeweint hatte.

»Danke«, flüsterte Martin dann. »Du bist mein allerbester Freund. Ich … liebe dich.«

»Ich liebe dich auch …«

Ohne darüber nachzudenken, wie ganz selbstverständlich kam Thomas das über die Lippen. Doch selbst, dass diese Worte, die er schon oft gedacht hatte, nun zum ersten Mal ausgesprochen waren, konnte für ihn nicht vergessen machen, was Martin zuvor gesagt hatte.

ANGST

In Thomas' Träumen tauchte die Mutter kurz nach ihrem Tod immer wieder auf. Damals hatte Thomas auch zum ersten Mal große Angst vor seinem Vater. Er fürchtete, der Vater könnte ihn im Schlaf umbringen. Die Mutter warnte ihn eindringlich davor.

Sie tauchte in den Träumen auf zweierlei Weise auf. Da gab es die junge Frau, unbeschwert in ihrem luftigen Kleid und mit ihren tänzelnden Bewegungen, als wäre die Welt eine Sommerwiese ohne auch nur die Ahnung von Schrecken und Bedrohlichkeit. Die Träume mit dieser Mutter liebte der zwölfjährige Thomas. Sie sprach mit ihm, sie erzählte ihm, wie schön das Leben sei, sie berührte ihn sanft wie ein Windhauch, und sie lachte, dass dem Jungen ganz warm ums Herz wurde. Diese Träume hätten für Thomas ewig dauern können, am liebsten wäre er gar nicht mehr aufgewacht, denn die Wohnung war so leer ohne die Mutter, und die ganze Welt erschien Thomas auf einmal entvölkert von allem Guten und Liebenswerten.

Und trotzdem war diese Wirklichkeit nach dem Tod der Mutter der zweiten Art von Träumen vorzuziehen. In diesen starb die Mutter nämlich; der Krebs fraß sie von innen auf, und es war ein endloser Fraß, den sie in sich trug, und sie durchlebte die Hölle ohne jede Aussicht auf Erlösung. Sie wand ihren gemarterten Körper vor Schmerzen, sie hielt sich den Bauch, hämmerte mit den Fäusten gegen ihre Schläfen und krallte sich in ihre Brüste, als wollte sie sie abreißen. Dabei knurrte sie wie ein Hund, stieß gellende Schreie aus und rollte mit den Augen wie eine Besessene.

Thomas konnte ihr nicht helfen, es gab für ihn keine Möglichkeit, einzuschreiten und den Qualen seiner Mutter Einhalt zu gebieten. Es gelang ihm nicht einmal, in die Nähe der Mutter zu kommen, da war eine unsichtbare Barriere, eine Grenze, die zu überschreiten er nicht schaffte, sosehr er sich auch Mühe gab. Denn er hätte so gern ihre Hand gehalten, hätte sie in die Arme genommen und gestreichelt, so wie sie es früher, als er ein kleines Kind war, bei ihm getan hatte. Vielleicht hätte er ihr auf diese Art Linderung verschaffen können, vielleicht wäre der Bann des Traumes gebrochen gewesen. Doch Thomas war gefangen darin und litt, wie er gelitten hatte, als die Mutter im Krankenhaus am Morphiumtropf gehangen war und ihn sein Vater nicht zu ihr gelassen hatte, mit der Begründung, dieser Anblick wäre nichts für ein Kind.

Deshalb hatte Thomas Angst vor dem Einschlafen. Die schlimmen Träume waren nämlich gegenüber den schönen in der Überzahl, und sie nahmen weiter überhand. Thomas fürchtete, nicht mehr aufwachen zu können, er fürchtete, auf ewig in einem solchen Alptraum gefangen zu sein. Denn sein Vater hatte sich seit der Krankheit und dem Tod der Mutter verändert. Im Grunde genommen verhielt er sich überhaupt nicht mehr wie ein Vater. Und Thomas war sich sicher, dass der Vater nachts, wenn er schlief, in sein Zimmer kam und an seinem Bett stand, auf ihn herabschaute und überlegte, ob er ein Kissen nehmen und es ihm aufs Gesicht drücken sollte, ihm Mund und Nase mit dem weichen Polster verschließen und dafür sorgen sollte, dass sein Sohn nicht mehr aufwachte.

Thomas war sich bewusst, dass er keine wirkliche Ruhe im Schlaf finden würde, solange sein Vater lebte. Dass es mit den schlimmen Träumen und der Angst, nicht mehr aufzuwachen, aber auch über den Tod des Vaters hinausging, hätte er damals nicht erwartet. Es wurde sogar noch schlimmer, denn jetzt erschien Thomas auch der tote Vater im Traum; immer wieder wachte er schweißgebadet mitten in der Nacht auf, weil er gerade miterleben musste, wie ihn sein Vater ermordete.

So kam es, dass der erwachsene Thomas eine Vorstellung hatte, die Sehnsucht nämlich, jemandem zu begegnen, der zu ihm so sanft und zärtlich wäre wie früher seine Mutter. Es war selbstverständlich, dass es sich dabei um einen Mann handeln musste, mit dem er dann im Bett liegen würde. Er würde darauf vertrauen können, dass dieser Mann über seinen Schlaf wachte. Dann würde Thomas endlich Frieden finden.

Dieser Mann wäre jemand wie Martin, als sie in ihrem Versteck im Auwald lagen, Thomas den Kopf auf seiner Brust und seinen Herzschlag im Ohr.

Der Martin aber, mit dem Thomas über zwanzig Jahre später beisammenlag, war selbst zu sehr von Unruhe aufgewühlt, als dass er Thomas Ruhe zu vermitteln vermocht hätte. Und dass er sich mitten in der Nacht klammheimlich davonmachen und ihn allein und schutzlos zurücklassen würde, hätte Thomas nicht ausschließen können. So blieb alles beim Alten. Die Angst, den Schlaf nicht zu überleben, wurde Thomas auch an Martins Seite nicht los.

BEI IHM

Jetzt ist er bei ihm. Ich weiß es, ich fühle es, ich spüre es in jeder Zelle meines Körpers; die Gewissheit kratzt an jeder Windung meines Gehirns, und ich möchte mit meinen Fingern darüber streichen, um die Stellen zu beruhigen, aber das ist mir nicht möglich. Meine Gefühle kommen aus mir, und doch kann ich sie nicht beeinflussen, nicht steuern; es ist, als würde ich mir selbst dabei zusehen, wie ich in Gedanken meinem Mann dabei zusehe, wie er Sex mit einem anderen Mann hat.

Ich weiß nicht, was ich tun soll. Diese zwei Tage, in denen ich nichts tun kann, als untätig herumzusitzen, sind die Hölle für mich. Das heißt, wirklich untätig war ich ja nicht. Gestern habe ich das Haus von oben bis unten geputzt, ich glaube, so gründlich habe ich das noch nie getan, sogar die Fenster blitzen und blanken. Die Arbeit hat mir ein wenig geholfen; zumindest habe ich ab und zu an etwas anderes gedacht als daran, was die beiden gerade zusammen treiben. Gestern früh ist er losgefahren, und er hat mir gleich gesagt, dass er nicht vor Sonntag um Mitternacht zurück sein wird. Also noch mindestens acht Stunden, bis ich das Auto um die Ecke vor dem Schlafzimmerfenster biegen höre. Werde ich jemals in meinem Leben wieder klar denken können? Ich glaube, ich werde wahnsinnig! Ich kann mich nicht erinnern, wie viele Beruhigungstabletten ich schon genommen habe, aber ruhiger bin ich nicht geworden.

Vor halb elf wird er von ihm nicht wegfahren – was machen sie gerade? Liegen sie beisammen? Wie ist es eigentlich, wenn zwei Männer Sex miteinander haben? Küsst er ihn dort, wo ich ihn geküsst habe? Weiß er, dass er am Hals so empfindlich ist, dass er fast verrückt wird, wenn man ihn dort küsst oder mit der Zunge leckt? Geht es ihm nur um den Sex mit einem Mann, das könnte ich ja verstehen, wenn ich akzeptiere, dass er ist, was er ist, ich habe keinen Schwanz, um es geradeheraus zu sagen. Oder geht es ihm um mehr? Waren sie zusammen im Kino? Reden sie über ganz alltägliche Dinge, über Bücher, über Politik? Dazu braucht er doch nicht diesen Mann, das kann er doch genauso gut mit mir machen, das *haben* wir doch unser Leben lang miteinander getan. Erzählt er ihm vielleicht sogar von den Kindern und von mir? Also, das würde ich wirklich nicht wollen, das würde ich ihm verbieten, wenn ich es könnte – wenn er noch auf mich hören würde.

Ich trage ständig das Handy und das Festnetztelefon mit mir herum, und auch wenn ich am Fenster sitze und auf die Straße hinunterstarre, liegen sie bei mir. Ich habe die Hoffnung, dass eines der Telefone plötzlich läutet und er dran ist und mir sagt, er würde jetzt nach Hause kommen und auch nicht mehr zu diesem Mann fahren, und der ganze Alptraum wäre zu Ende. Ich könnte ihm verzeihen, ich weiß es. Mir ist klar geworden, dass man an einer Beziehung arbeiten muss, dass man sich nie zurücklehnen kann und glauben, alles bliebe stets eitel und Wonne. Vielleicht war das mein Fehler, all die Jahre, dass ich mich nicht jeden Tag aufs Neue darum bemüht habe.

Wir waren so jung, als wir uns kennenlernten und heirateten. Wir sind damals aneinandergeklebt, vielleicht war das nicht gut und hat ihm zu wenig Freiraum gelassen. Aber ich hatte nie den Eindruck, dass er es nicht genauso gewollt hätte. Er hätte doch etwas sagen können, wenn es ihm nicht gepasst hätte! Und dann kamen Daniel und später auch noch Lisa. Der Alltag war ziemlich stressig, Beruf und Kinder nebeneinander. Martin machte auch noch die Buchhändlerlehre nach, er ließ sich ohnehin nicht einengen und setzte seine Vorstellungen in die Tat um. Und der Kauf und der Umbau des Hauses waren doch Abenteuer, die wir gemeinsam bestanden haben.

Was dabei wahrscheinlich auf der Strecke blieb, war unsere Beziehung. Freilich zogen wir an einem Strang, doch unsere Energien waren immer nach außen gerichtet. Das Haus, der Beruf, natürlich Daniel und Lisa. Im Grunde genommen war das, was zwischen uns stattfand oder nicht stattfand, kein Thema. In dieser Hinsicht ist sicherlich vieles falsch gelaufen. Auch, dass wir nur alle heiligen Zeiten mal miteinander geschlafen haben. Obwohl, bei diesem Thema möchte ich mir gar nicht vorstellen, was war, wenn wir doch einmal Sex miteinander hatten. Hat er dabei die ganze Zeit an Männer gedacht? War es überhaupt ich, die er umarmt hat?

Könnten die Probleme, in denen wir stecken, nicht der Anlass sein, wieder enger zueinanderzufinden? Wird der Tag kommen, an dem ich sagen kann, diese Krise, diese schrecklichen Stunden und Tage, die ich gerade durchlebe, haben auch ihr Gutes gehabt?

Vor ein paar Wochen erst hatten wir Hochzeitstag. Den Strauß wunderschöner roter Rosen, aus welchem Grund hat er ihn mir denn überhaupt geschenkt? Dazu die Beteuerung, mit mir unbedingt gemeinsam alt werden zu wollen – war das eine Art Hilfeschrei, hatte er Angst vor seinen eigenen Gefühlen? Ich kann verstehen, dass er ganz schön durcheinander ist, dass er nicht so recht weiß, wie er mit sich selbst umgehen soll. Was verbirgt sich wirklich hinter seinem Verhalten? Wenn ich das nur wüsste …

Er sagt, dass er mich immer noch liebt. Und genauso empfinde ich auch für ihn, das ist mir jetzt klarer als je zuvor. Ich will ihn nicht verlieren, ich will keine Trennung. Ich will nicht aus der Stadt ziehen, in der ich mich daheim fühle, ich will mir keine Stelle an einer anderen Schule suchen, in der ich ganz von vorn anfangen muss. Andererseits könnte ich mir auch nicht vorstellen, als Geschiedene im selben Ort zu wohnen. Ihm zufällig beim Einkaufen zu begegnen, würde mich aus der Bahn werfen, da bin ich mir sicher. Noch schlimmer wäre es, wenn er dann mit jemand anderem zusammen wäre. Was würden denn die Leute sagen, in unserer kleinen Stadt? Freundlich tun würden sie und sich dabei das Maul hinter meinem Rücken zerreißen. Und was würden Daniel und Lisa denken, wie würden sie mit der Situation zurechtkommen, dass ihr Vater plötzlich beschlossen hat, schwul zu sein und so zu leben?

Ich glaube, nur die räumliche Distanz würde es mir möglich machen, ein neues, eigenständiges Leben aufzubauen. Und werden in

Zeitschriften und Ratgebern nicht immer wieder die Chancen eines neuen Anfangs für die Entwicklung der eigenen Persönlichkeit gepriesen? Aber nein, ich will nicht neu anfangen! Ich habe mich doch wohlgefühlt, so wie es war.

Doch vielleicht kommt es ja zu keiner Trennung. Werden wir die Möglichkeit finden, unsere Probleme zu besprechen und zu bereinigen? Ich habe ihm so viel meiner Kraft gegeben, all die Jahre. Natürlich habe ich Fehler gemacht, so wie er auch, aber soll das alles umsonst gewesen sein?

Meine Gedanken drehen sich im Kreis, ich komme auf keinen grünen Zweig. Denn das Besprechen der Probleme ist schön und gut, es ändert aber nichts daran, dass er homosexuell ist. Bleibt uns da eigentlich eine Möglichkeit außer der Scheidung? Ich fürchte, da gibt es keine Vorbilder, auf die wir uns stützen können. Wir müssen einen Weg, der für alle tragbar ist, erst erfinden. Ich sehe ein, dass einem das Glück abhanden kommen kann; ist es nicht möglich, es wiederzufinden? Wenn man sich so sehr Mühe gibt wie ich es tue, dann müsste es doch möglich sein!

Aber da sind immer wieder diese Bilder in meinem Kopf. Wie kann ich an Glück auch nur denken, wenn ich vor mir sehe, wie sie sich küssen, wie er ihn … Nein, das kann ich mir gar nicht vorstellen! Das *will* ich mir auch gar nicht vorstellen! Wieso muss ich denn? Was habe ich getan, was habe ich verbrochen, dass ich so bestraft werde? War ich wirklich eine so schlechte Ehefrau?

Es hat leicht zu regnen begonnen. Ich muss an die frische Luft. Ich renne aus dem Haus, renne wieder zurück, weil ich das Handy habe liegen lassen, dann wieder die Treppe hinunter und aus der Tür. Der Regen schlägt mir ins Gesicht, da stehe ich und lasse mich nass regnen und kann auf einmal keinen Schritt mehr machen, stehe da unter der Straßenlaterne, deren Licht der Regen durcheinandermischt, das denke ich mir, dabei aber bin ich wie gelähmt von all den Tabletten, die in meinem Blut in meinem Körper zirkulieren. Ich möchte einen Blick in die Zukunft werfen können – würde er mich beruhigen oder mir das zeigen, wovor ich solche Angst habe?

Ich wünschte, ich wäre ihm nicht auf die Schliche gekommen, ich wünschte, er hätte mich auch weiterhin belogen und wäre dabei klüger vorgegangen, damit ich keinen Verdacht geschöpft hätte. Doch so war er immer, ich habe ihm immer an der Nasenspitze angesehen, wenn etwas nicht in Ordnung war.

Ich stehe da im Regen, das Shirt klebt mir am Körper, ich bin mir meines zu großen Busens und der Speckwülste darunter nur allzu bewusst. Vielleicht hätte ich konsequenter versuchen sollen, abzunehmen, vielleicht hätte ihm eine Frau mit knabenhafter Figur besser gefallen, vielleicht hätte es ihn abgehalten, sich nach Männern zu sehnen, wenn er keine Rubensdame im Ehebett gehabt hätte. Das denke ich und glaube es doch im selben Moment auch schon nicht, er hat mich immer gern im Arm gehalten, das habe ich gespürt, dass er das mag, und er hat ja auch immer wieder betont, dass ihm dünne Frauen nicht gefallen und er beim Kuscheln lieber etwas in der Hand hält. Ich glaube ihm, das hat er so gemeint, wie er es gesagt hat.

Ein Wirbeln von Gedanken in meinem Kopf ohne Ende. Ich bemühe mich, einen davon zu fassen zu kriegen, ihn festzuhalten und die nächsten daran aufzureihen, aber vergebens. Ich stehe im Regen, als jemand vorbeikommt und seinen Schirm über mich hält und mich fragt, ob er mir helfen könne. Ich schüttle den Kopf und sehe ihn nicht, obwohl ich ihn anschaue, kann mich aber zumindest wieder rühren und laufe ins Haus zurück.

Ich überprüfe das Display des Handys und auch, ob ich einen Anruf auf dem Festnetz verpasst habe. Nichts, nicht einmal eine SMS, dass er an mich denkt. Aber das tut er ja nicht, er hat ganz anderes zu tun, als an seine Frau zu denken.

Ich zittere vor Kälte und wanke ins Badezimmer. Ich ziehe mir die nassen Kleider vom Leib. Ich sollte eine heiße Dusche nehmen, so weit kann ich klar denken. Ich steige in die Dusche, habe aber mit einem Mal keine Kraft mehr in mir. Die Hand zu heben, um das Wasser anzustellen, schaffe ich nicht. Meine Knie geben nach, ich sinke auf den Boden der Dusche. Dort sitze ich, mich selbst vor Augen, als Beobachter von außen, dessen anfängliches Interesse an dieser

Person und der Szenerie mittlerweile einem Gefühl von Ärger und Abgestoßensein gewichen ist angesichts der Frau, die dort in der Dusche kauert, mit verdrehten dicken Beinen und hängenden Armen, mit verschmiertem Gesicht und jämmerlich und nackt.

Die roten Ziffern der Digitaluhr auf dem Badezimmerschrank zeigen mir, dass es noch vier Stunden sind. Wenn er denn überhaupt heimkommt …

DER JUNGE, DER ANDERS WAR

Immer wenn Thomas mit Martin zusammen war, sprudelten seine Gedanken; so erfand er einmal eine Geschichte über einen Jungen, der anders war als die anderen. Eine Geschichte, sagte er, die Leuten gefallen könnte, die sich in Büchern und Filmen normalerweise nicht wiederfanden. Dann sei sie eine Geschichte für ihn, sagte Martin leise und umfasste Thomas' Hüfte.

Dass dieser Junge anders aussah als die sogenannten normalen Menschen, spann Thomas seine Idee weiter, wäre eine Möglichkeit, aber nicht eine seltsame Hautfarbe oder so, das wäre zu augenscheinlich, obwohl, wie Martin grinsend einwarf, ein Junge ganz in pink durchaus seine Qualitäten hätte, woraufhin ihn Thomas spielerisch in die Seite boxte. Eher, fuhr er fort, sollte sich das Anderssein in Unterschieden zeigen, die der Junge aber verbergen könnte, wenn er in die Öffentlichkeit ging. Damit würden dann auch Fähigkeiten zusammenhängen, die sonst keiner besäße. Martin schlug Augen vor, so hell und strahlend und dermaßen intensiv in ihrem Blick, dass den anderen Menschen darunter unwohl wurde, weil sie fühlten, dass er ihnen geradewegs in die Seele zu schauen vermochte. Nur mit Hilfe dunkler Brillengläser könnte der Junge unter Leute gehen, ohne Aufsehen zu erregen. Thomas war von dieser Idee begeistert: Im Schreiben sei er ja nie besonders gut gewesen, aber man könnte eine solche Gestalt auch zeichnerisch gut darstellen. Er habe es zwar noch nie etwas so Komplexes versucht, erzählte Thomas, nur kleine Kritzeleien, aber irgendwie spürte er, dass ihm ein solches Bild gelingen würde, natürlich nur mit viel Übung.

»Dann übe mal mit mir«, schlug Martin lachend vor. »Zeichne mich nackt, wie Gott mich schuf.«

Und Thomas meinte, dass er das vielleicht eines Tages tatsächlich machen würde, aber später einmal, nicht jetzt.

Jetzt, das war ein weiterer dieser heißen Sommertage. Martin und Thomas waren zur Abwechslung einmal nicht an der Donau. Sie waren mit der Straßenbahn bis zur Endstation am Kahlenberg gefahren. Von dort aus waren sie ein Stück gewandert, bis sie zu einem weiten Abhang mit Wiesen und Obstbäumen kamen. Das Gras stand hoch, und wenn sie sich flach auf den Boden legten, waren sie für die wenigen andere Spaziergänger unsichtbar. Auf diese Weise stahlen sie dem Nachmittag eine Umarmung, einen langen Kuss, bevor sie weiterzogen.

Dabei begann Thomas, von seiner Geschichte über den Jungen zu sprechen, der anders war. Dass er es eines Tages zu Hause nicht mehr aushielt, sich nicht mehr die ganze Zeit hinter seiner Sonnenbrille verbergen und vor seinen Eltern und Geschwistern und den Verwandten und den Mitschülern, die vorgaben, seine Freunde zu sein, verstellen wollte – denn er las ihre geheimsten Gedanken, ohne sich etwas anmerken zu lassen. Er wusste Bescheid, wenn ihn jemand gar nicht wirklich leiden konnte, konnte darauf aber nicht reagieren; was ihm bestenfalls blieb, war, Abstand zu halten. So machte er sich von einem Tag auf den anderen in die Welt auf. Er warf die Brille weg, denn mit den Versteckspielen war nun Schluss. Überall, wo er hinkam, suchte er nach seinesgleichen; was er fand, war einerseits Ablehnung, die zuweilen sogar in Hass und Gewalt umschlug, auf der anderen Seite geradezu Verehrung, denn man hielt ihn für ein gottähnliches Wesen und stellte ihn in manchen Kreisen aus wie etwas Heiliges. Vor beiden Extremen ergriff der Junge die Flucht, denn alles, was er wollte, war, ganz normal zu leben; und es musste in dieser riesengroßen Welt doch zumindest einen geben, sagte er sich immer wieder, der so war wie er.

»Und findet er ihn?«, fragte Martin.

Thomas, einen langen Halm im Mundwinkel, grinste. »Keine Sorge, er findet ihn.« Theatralisch hob er an: »Auch wenn er noch so lange suchen und dabei die unwegsamsten Gebiete dieses Planeten durchkämmen und noch so viele Gefahren bestehen und lernen muss, sich gegen Menschen durchzusetzen, die ihm nicht wohlgesinnt sind, die etwas gegen ihn haben, ohne eigentlich wirklich zu wissen, warum – glücklichen Endes findet er einen zweiten Jungen mit großen klaren Augen, und sie schauen einander in die Seele und sehen darin, dass sie füreinander geschaffen sind, und zusammen reiten sie in den Sonnenuntergang.« Mit ernster Miene fügte Thomas hinzu: »So wie wir zwei.«

Martin lächelte. »So wie wir zwei …« Und setzte neckisch nach: »Übrigens bin ich froh, dass du gecheckt hast, um wen es in deiner Geschichte in Wahrheit geht.«

»Denkst du denn, ich bin doof?«

»Naja, es heißt doch immer: Dumm fickt gut. Und so gut, wie wir ficken …«

»… kannst auch du nicht gar so hell sein.«

Sie lachten, und Martin umfasste Thomas neuerlich und zog ihn nah zu sich heran. Er drückte ihn fest an sich und spürte, wie Thomas ganz weich wurde. Eine Weile standen sie so da.

»Und jetzt komm!«, unterbrach Martin schließlich den Moment. »Lass uns gemeinsam zur Donau zurückreiten oder zumindest mit der Straßenbahn fahren. Ich muss ins Wasser, sonst trifft mich noch der Hitzschlag.«

ZUKUNFT

Thomas' erster fester Freund seit dem Sommer mit Martin hieß Paul. Er lernte ihn im Kurs für die Abendmatura kennen. Er betrat den Raum in der Volkshochschule, in der sein Kurs stattfand, und Paul fiel ihm sofort auf. Er war eher klein und muskulös, er machte auf Thomas einen kompakten Eindruck. Paul schaute von seinen Unterlagen auf und wandte den Blick zur Tür, gerade als Thomas hereinkam. Thomas schien es, als er Pauls knappes Lächeln bemerkte, als würden sie einander schon lange kennen. Pauls Blick schoss geradewegs auf ihn zu und ließ ihn nicht mehr los. Aus dem Ausschnitt von Pauls T-Shirt kräuselten ein paar dunkle Härchen hervor, und Thomas musste sich zurückhalten, um nicht hinzugreifen und drüberzustreichen.

Die Ersparnisse seines Vaters hatten nicht lang gereicht, zu viel von dem Geld hatte er in Drogen umgesetzt; das war eine Zeit, auf die er nun nicht mehr besonders stolz war. Seit einiger Zeit jobbte Thomas deshalb als Barkeeper in einem Szenelokal. Dort trug er Shorts aus einem dünnen glitzernden Stoff, und ein knappes Shirt, beides in Orange, das brachte ihm ziemlich viel Trinkgeld ein. Weil ihm aber klar war, dass dies kein Job für ewig war und er endlich was aus seinem Leben machen wollte, hatte Thomas beschlossen, die Matura nachzuholen. Er hatte in der Bar einen freien Abend pro Woche, diesen wollte er für seine Ausbildung nutzen.

Als Thomas und Paul zusammen nach Ende des Kurses in Richtung von Thomas' Wohnung loszogen, gestand ihm Paul, dass er ihn schon mehrmals in der Bar gesehen hatte. Deshalb auch das freudige Wiedererkennen in seinem Blick, als Thomas unvermutet in der Tür des Kursraumes aufgetaucht war. Dass er ihn in seinem Barkeeperoutfit wahnsinnig sexy gefunden hätte, flüsterte Paul Thomas ins Ohr.

Dass er für ihn ja einen Barkeeperoutfitstriptease hinlegen könnte, antwortete Thomas und fühlte, dass sein Herz in diesem Moment in einem ganz anderen Rhythmus schlug, als bei den vielen Typen, die er üblicherweise nach der Sperrstunde zu sich nach Hause mitnahm.

Doch die Nacht entwickelte sich nicht wie erwartet. Thomas' Wohnung befand sich in einem Mietshaus ohne Lift. Sie stiegen gerade die Treppe hinauf, als unvermutete eine Tür aufflog. Ein Mädchen stolperte heraus, sie war vielleicht zehn Jahre alt. Sie war barfuß und trug nichts außer einem Höschen. Aus ihrem Gesicht schrie die Angst vor dem Mann, der ihr auf den Fersen war. Thomas kannte die beiden vom Sehen. Wie ein Bär, rot und verschwitzt, breitbeinig und mit geballten Fäusten stand er vor ihnen. Seine Blicke wischten abfällig über Thomas und Paul; Thomas erkannte darin die seines eigenen Vaters. Er konnte den Alkohol im Atem des Mannes riechen, als er vorsprang und sich schützend zwischen diesen und das Mädchen stellte.

Im ersten Moment sah es aus, als wollte sich der Mann in seiner Wut auf Thomas und Paul stürzen. Als dann aber auch noch eine andere Tür aufging und ein alter Nachbar mit hoher Stimme versicherte, er hätte bereits die Polizei verständigt, zog sich der gewalttätige Vater in seine Wohnung zurück, ohne sich weiter um seine Tochter zu kümmern. Zitternd stand das Kind vor ihnen, die Arme um die schmalen Schultern geschlungen und hatte eine Gänsehaut am ganzen Körper. Das Mädchen starrte zu Boden, wimmerte leise vor sich hin. Thomas wollte sie an der Hand nehmen, schlug dabei vor, in seiner Wohnung auf die Polizei zu warten. Da entwand sich ihm das Kind. Schluchzend flehte das Mädchen, es nicht anzufassen.

Thomas lief die zwei Stockwerke zu seiner Wohnung hinauf und holte eine Decke, die das kleine Mädchen völlig einhüllte, als Paul und er sie in ihre Mitte nahmen. Der Abstand, den sie dabei hielten, schien für das Mädchen gerade richtig zu sein, denn das Kind hörte auf zu weinen, als sie so zu dritt auf dem Treppenabsatz saßen und Thomas und Paul abwechselnd versuchten, sie mit leiser Stimme und sanften Worten zu beruhigen.

Es dauerte nicht lange, bis die Polizei eintraf. Thomas und Paul machten ihre Aussagen, während einer der Beamten mit dem Vater des Mädchens sprach. Der Vater schien Routine in solchen Angelegenheiten zu haben, schien sich der Wichtigkeit des Eindrucks bewusst zu sein, den er den Polizisten vermittelte, denn in der Zwischenzeit hatte er sich rasiert und trug ein sauberes Hemd. Eine Polizistin kümmerte sich um das kleine Mädchen. Sie führte sie die Treppe hinunter, da schaute sich das Kind nochmals um. Über die Schulter warf sie Thomas und Paul einen Blick zu, so offen und schrecklich verwundbar, dass er Thomas bis ins Herz traf. Er hatte keine Ahnung, was die Polizei weiter unternehmen würde. Doch die Dankbarkeit im Blick des Mädchens spornte seine Gedanken an. Thomas sah sich mit einem Mal als Betreuer von Kindern, denen das Leben übel mitgespielt hatte. Er hatte Erfahrung mit den Gefühlen von Kindern, die von ihren Eltern keine Liebe erfuhren. Schließlich war der Film, der nachts, wenn er allein in seinem Bett lag, immer wieder vor seinen geschlossenen Augen ablief, der Film, der auch im Schlaf noch weiterlief und der ihm solche Angst machte, dass er sich vor dem Einschlafen fürchtete, nichts anderes als sein eigenes Leben. Der Hauptdarsteller, das Kind und der Jugendliche, der niemanden zum Reden hatte und niemanden, dem er wirklich vertrauen konnte, war er selbst. Wer also, wenn nicht er, wäre dafür geeignet, solchen Kindern eine Stütze zu geben?

Thomas glaubte, seinen eigenen Ohren nicht zu trauen, als er sich in den Stunden, die von dieser Nacht noch übrig blieben, Paul von all dem erzählen hörte. Paul und ihm fielen die Augen erst zu, als schon der Morgen dämmerte. Anders als geplant, hatten sie nur miteinander geredet und keinen Sex gehabt. Den holten sie nach, als sie gegen Mittag aufwachten. Beim Einschlafen hatte Paul den Arm um Thomas gelegt. Jetzt fühlte er sich warm an, als Thomas seine Wangen an seiner Brust rieb. Als er sich später auf ihn rollte, seine Handgelenke umfasste und ihn in die Kissen drückte, war Thomas, als würde ihm Paul auf diese Weise einen Teil seiner Kraft schenken. Es spürte Pauls Gewicht, der Körper auf ihm war für ihn aber nicht zu schwer, und der Film in seinem Kopf hatte eine wunderbare Wendung genommen: Er zeigte die Möglichkeit einer Zukunft, die er in dieser Nacht für sich entdeckt hatte.

DIE KINDER SIND ZURÜCK

Nach Daniels Anruf saß Margit lange am Küchentisch. Sie trank ihren Nachmittagskaffee und legte eine Patience nach der anderen, mechanisch und ohne mitzudenken. Bald würden die Kinder heimkommen. Die beiden hatten sich zusammentelefoniert, und Daniel hatte Lisa in Wien am Bahnhof getroffen. Nun saßen sie schon im Zug nach Hause. Dass hier in der Zeit, in der sie fort gewesen waren, alles anders geworden war, konnten sie nicht ahnen.

Margit hatte in den letzten Wochen oft über diesen Moment nachgedacht. Sie würde Daniel und Lisa alles erzählen. Sie hatte sich die ungläubigen Mienen vorgestellt, wenn sie hörten, dass ihr Vater plötzlich homosexuell geworden war. Sie hatte sich ausgemalt, wie sie sie in die Arme nehmen und ihr versichern würden, dass sie auf ihrer Seite stünden und ihr helfen würden, die Scheidung durchzustehen. Sie hätten sicherlich keinerlei Verständnis für die Eskapaden ihres Vaters und würden ganz und gar zu ihrer Mutter halten.

Margit hatte sich selbst versichert, dass sie Martin nicht nötig hatten. Ihre Kinder und sie gehörten zusammen, den untreuen Ehemann und Vater brauchten sie nicht. Selbst dass Martin ums Leben kam, hatte sich Margit ausgemalt: einen tragischen Unfall, dramatische Szenen der Trauer und des Begräbnisses, anschließend ein Leben zu dritt, ganz ohne die Aufregungen, die sie während des Sommers heimgesucht hatten, ohne die Probleme, die ihr von Martin aufgedrängt worden waren und von denen sie gar nichts wissen wollte. Alles wäre ohne Martin so viel einfacher, dieser Gedanke war Margit unablässig im Kopf herumgegangen.

Doch als Daniel und Lisa schließlich ankamen, als die Begrüßung vorüber war und sie am Küchentisch beisammen saßen wie seit eh und je, ein fröhliches Durcheinander der Erzählungen auf sie einprasselte und auf einmal Martin in der Tür stand, erkannte Margit, dass sie sich geirrt hatte. Sie hatte gedacht, dass sie sich gemeinsam mit den Kindern in ihrer Position Martin gegenüber gestärkt sehen würde. Sie hatte nicht gedacht, dass ihr gerade in dieser Situation wie Schuppen von den Augen fallen würde, dass sie ohne ihn einfach nicht die Familie wären, in der sie leben wollte.

Daniel und Lisa saßen zu beiden Seiten von Margit am Küchentisch. Beide blickten Martin entgegen, als er den Raum betrat, Margit fixierte die Tischplatte. Einen Moment lang herrschte Stille. Martin schaute in die Runde und versuchte abzuschätzen, was und wie viel Margit den Kindern bereits erzählt hatte. Waren sie noch unparteiisch oder standen sie schon gegen ihn?

Martin schluckte seine Nervosität hinunter und stürmte auf seine Kinder zu.

»Ihr seid zu Hause? Warum ruft mich keiner?«

»Wir sind erst vor einer halben Stunde angekommen«, sagte Lisa. »Es war eh klar, dass du den Laden bald schließen würdest.«

Ihre Umarmung war innig, so wie immer schmiegte sie sich an Martins Brust. Mit ihren ausdrucksstarken dunklen Augen und dem energischen Mund war Lisa ein Ebenbild ihrer Mutter zu der Zeit, als Martin sie kennengelernt hatte. Damals, dachte Martin, hatten sie nicht voneinander lassen können; heute hingegen konnte er sich kaum vorstellen, die Margit, die hier am Küchentisch saß und ihn skeptisch ansah, jemals wieder in den Arm zu nehmen.

So wie Lisa ihrer Mutter ähnelte, war Daniel Martin wie aus dem Gesicht geschnitten: die markante Nase, die für einen Mann ungewöhnlich vollen Lippen. Wie Daniel jetzt vor ihm stand, lang und dünn, fast einen Kopf größer als Martin, konnte er es kaum fassen, dass er sein Sohn war, dass aus dem rotgesichtigen, zerbrechlich wirkenden Baby, das er vor mehr als achtzehn Jahren in den Händen gehalten hatte, dieser gut aussehende junge Mann herangewachsen war.

Im Gegensatz zu Lisas Körper kam Martin der von Daniel steifer vor als üblich, als sie einander begrüßten, fast so, als stünde etwas zwischen ihnen. Aber das, sagte er sich, bildete er sich in seiner Unsicherheit wahrscheinlich nur ein.

Er strich Lisa übers Haar. Sie war über den Sommer fraulicher geworden, falls man das bei einer Sechzehnjährigen so sagen konnte.

»Frankreich ist dir gut bekommen«, stellte er fest.

Wie gewohnt kam eine neckische Antwort: »Wenn du wüsstest, *wie* gut!« Und dazu dieser Augenaufschlag, der, wie Martin wusste, schon reihenweise die Herzen von Lisas Klassenkollegen gebrochen hatte.

Martin schaute zu seinem Sohn hoch. »Und dir das Trampen.« Er lachte. »Obwohl du ein wenig verwildert aussiehst. Lässt du dir einen Bart wachsen?«

Daniel zuckte mit den Schulter. »Ich war nur faul ...«

Und so waren sie wieder komplett. Ohne sich miteinander absprechen zu müssen, halfen alle beim Auftragen des Abendessens, wie sie es immer taten. Bald standen Teller, Gläser, Wurst, Käse, Brot und Getränke auf dem Tisch, und sie saßen herum, jeder an seinem angestammten Platz, keine der Seiten des Tisches war leer. Diese Erkenntnis traf Margit: Wenn sie ehrlich zu sich selbst war, wollte sie nicht ohne Martin sein. Er war ein Bestandteil ihres Lebens, ein Teil von ihr, wie sie, auch daran zweifelte sie nicht, immer ein Teil von ihm sein würde. Daran war nicht zu rütteln: Genauso wenig wie auf eines der Kinder hätte sie auf ihn verzichten wollen.

Der Grund, weshalb diese Erkenntnis Margit so schmerzte, dass sie am liebsten losgeschrien hätte, war, dass sie an der grundlegenden Situation nichts änderte. Dass sie nicht ohne Martin leben wollte, bedeutete in ihrem Fall nämlich nicht, dass sie es mit ihm konnte.

DIE BESTÄTIGUNG

Hier in dieser Disco kannte Martin niemand. Er hatte bewusst eine Disco ausgesucht, in der er keinen seiner Schulkollegen treffen würde. Er war zu einem bestimmten Grund hier, und als ihm auffiel, dass ein Mädchen mit langen gelockten Haaren, kurzem Rock, knappem Oberteil und einem ziemlich großen Busen immer wieder Blickkontakt mit ihm suchte, setzte er sich in Bewegung. Quer über die Tanzfläche der Disco ging er auf sie zu, dazu spielte *Venus* von Bananarama, ein brandneuer Hit. Martin tänzelte ein wenig hin und her, er war sich seiner Wirkung mit seiner gebräunten Haut und dem weißen Hemd bewusst und hatte sogar ein Goldkettchen um den Hals, das er sonst nie trug. Das Mädchen lächelte ihm entgegen, und er lächelte zurück, versuchte dabei aber immer noch, ein wenig reserviert zu wirken, weil er dachte, dass ihn das interessant und sexy machte, da stieß er mit einem wild tanzenden Burschen zusammen, der ihm daraufhin seinerseits einen heftigen Stoß gegen die Schulter versetzte. Martin fuhr auf den Burschen zu, doch ein Freund hatte diesen schon von der Tanzfläche gezerrt. Martin wandte sich wieder in Richtung des Mädchens, gleichzeitig setzte *Kiss* von Prince ein.

»Ein perfekter Song für diesen Anlass«, begann Martin, als er vor dem Mädchen stand. Er sprach so laut, dass sie ihn trotz der Musik gut verstehen konnte.

Sie darauf: »Kommt ganz darauf an, was der Anlass ist.«

Martin bemühte sich um ein hintergründiges Grinsen. »Was trinkst du?«

»Cola Rum.«

Martin bestellte zwei Getränke, während ihn das Mädchen eingehend musterte.

»Gott sei Dank bist du größer als Prince«, stellte sie fest. »Ich steh nur auf große Typen.«

»Kein Problem bei mir. Bei mir ist alles groß.«

»Das kannst du mir ja später beweisen.«

»Bist du alleine da?«

»Ich hab keinen Freund, wenn du das meinst.«

Sie tranken das Cola Rum und dann gleich noch eins. Später tanzten sie zu *Slave to the Rythm* von Grace Jones, und Martin rieb seinen Unterkörper an ihrem. Sie sagte, dass er mit seiner Bemerkung über die Größe nicht übertrieben habe. Dann tranken sie zwei Cappy Wodka, und als Martin den Eindruck hatte, dass das Mädchen nun locker genug war für das, was er vorhatte, deutete er ihr mit dem Kopf zu gehen.

Sie drängten sich durch das Discogewühl, dann standen sie draußen. Es war eine warme Nacht, und Martin ging irgendwie neben sich; nur einen Gedanken lang sah er sich in einer Nacht wie dieser mit Thomas im Auwald zusammen. Dem Mädchen war offenbar klar, was Martin wollte, denn sie nahm ihn an der Hand und zog ihn ein Stück weiter in eine Gasse. Hier war es ziemlich finster, aber das Mädchen blieb noch nicht stehen. Am Ende der Gasse gab es einen winzigen Park, eigentlich nur drei Bäume und ein paar Büsche dazwischen. Martin war auf einmal schwindelig, und er lehnte sich mit dem Rücken gegen einen der Bäume. Da spürte er, wie ihm das Mädchen den Gürtel öffnete. Sie ging vor ihm auf die Knie, und Martin dachte nichts mehr. Bald saß er schon auf dem erdigen Boden, und das Mädchen saß auf ihm und bewegte sich auf und ab. Martin wollte noch den Gummi aus der Jeanstasche holen, da wurde ihm klar, dass er schon in ihr und es längst zu spät für den Gummi war, denn einen Augenblick später kam er bereits. Martin hätte das Mädchen jetzt am liebsten weggestoßen, weil sie sich so heftig auf ihm bewegte und er doch eigentlich nichts mehr von ihr wollte und sie endlos lang zu brauchen schien und dabei so laut stöhnte, dass er fürchtete, es müsste in der ganzen Gasse zu hören sein. Schließlich kam auch sie und wollte ihn noch küssen, während sie kam. Martin ließ es geschehen, dann rappelte sie sich auch schon wieder auf und zog sich die Unterhose hoch und den Rock hinunter.

Ob er immer so schnell komme, wollte sie wissen, die große Offenbarung sei das nämlich nicht gewesen. Mit diesen Worten stöckelte sie zwischen zwei Büschen durch auf die Gasse und dort in Richtung der Disco davon. Martin schoss durch den Kopf, dass er nach ihrer Telefonnummer hätte fragen sollen, doch gleichzeitig fühlte er sich immer noch ein wenig benebelt und hatte keine Lust, ihr nachzulaufen. Wenn er es nämlich recht bedachte, hatte er gar kein Interesse daran, sie wiederzutreffen, wenngleich sie eine war, die beim Sex rasch zur Sache kam und mit der man keine größeren Umstände hatte.

Martin blieb noch eine Zeit lang so sitzen. Erst als ihn ein kleiner Pudel an der Leine ankläffte und knapp neben ihm sein Geschäft zu verrichten begann, stemmte er sich am Baumstamm hoch. Er knöpfte die Jeans zu und schloss den Gürtel. Erst dann fiel ihm auf, dass ihn der Hundebesitzer anstarrte.

»Was die Köter tun«, meinte Martin schnippisch, »werden doch auch Menschen dürfen.«

Sagte es und verschwand in der nächsten Seitengasse. Dort ließ er die Maske des coolen Discotypen fallen und fing an zu laufen. Er rannte durch die halbe Stadt; er rannte wie ein Wahnsinniger und hielt auch nicht an, als er seine Beine nicht mehr spürte. Auch nur einen Moment stehen zu bleiben, hätte er nicht ausgehalten.

Im Morgengrauen erreichte er den Hafen. Sein Gesicht war starr, keine Regung war darin. Er wanderte durch den Hafen und die letzten Meter zum Friedhof. Völlig erschöpft sank er dort auf die Knie. Sein Oberkörper fiel nach vorn, erst nach einiger Zeit rollte Martin sich auf den Rücken. So lag er zwischen den Bäume in der hintersten Ecke des Friedhofes und hörte den Vögeln zu, die schon aktiv waren. Dass er nicht schwul war, hatte er sich selbst heute Nacht bewiesen; er hatte in dem Mädchen abgespritzt, die Bestätigung befand sich noch in ihr. Ein wirklicher Schwuler hätte das nicht fertiggebracht, das sagte sich Martin im Geiste immer wieder, wie eine Formel, die er auswendig zu lernen hatte. Was das aber für ihn und Thomas bedeutete, darauf kam er nicht.

DIE BAR

Fast zeitgleich mit dem Ende der Sommerferien und dem Schulbeginn hatte herbstliches Wetter eingesetzt. Margit drückte sich in eine Ecke vor dem Haus, in dem Thomas seine Wohnung hatte. Feiner Regen wischte wie ein Schleier durch die Gassen, und Margit verfluchte ihre Schuhe: Sie fror in den Zehen und stieg ungeduldig von einem Fuß auf den anderen. Zumindest hatte sie daran gedacht, einen Schirm mitzunehmen, unter dem sie nun ein wenig Schutz fand.

Selbst wenn sie nicht Bescheid gewusst hätte, dass ihr Mann an diesem Abend seinen Freund besuchte, wäre Martins Wagen, der unweit des Hauseingangs parkte, der Beweis gewesen. Doch Martin machte ihr nichts mehr vor, er sagte ihr klipp und klar, wo und mit wem er die Nacht verbringen würde. Wie es ihr damit ging, war ihm offenbar egal. Zwar verhielt er sich umsichtig, geradezu zuvorkommend im täglichen Umgang mit ihr und den Kindern. Doch offenbar war das bloß Fassade, denn Margits Gefühle kümmerten ihn wohl weniger als die Verwirklichung seines neuen Selbst.

Manchmal verspürte Margit den Drang, die hilflose Wut, die sie gegenüber Martin empfand, hinauszubrüllen; immer wenn er in ihrer Nähe war, hätte sie ihm nur allzu gern wehgetan, hätte ihm bewusst physische und psychische Schmerzen zugefügt, wenn dies in ihrer Macht gestanden wäre. War er nicht anwesend, richtete sich ihre Aggression gegen Dinge, die Martin gehörten. Dann fegte sie schon mal das Buch, das er gerade las, vom Nachtkästchen, dann warf sie seine Zeitschriften in den Müll. Auch jetzt verspürte Margit große Lust, mit irgendeinem harten Gegenstand, und sei es mit ihrer Handtasche, wenn sie nichts anderes fand, auf Martins Wagen einzuschlagen. Doch während sie noch gegen die Scham ankämpfte, die in ihr wie immer, wenn sie solche Gedanken hatte, hochstieg, ging die Tür des Wohnhauses auf, und Martin und Thomas traten auf die Gasse.

Obwohl Margit damit gerechnet, ja darauf gewartet hatte, ihren Mann und seinen Liebhaber zusammen zu Gesicht zu bekommen, versetzte ihr dieser Anblick einen Stich in der Brust. Die beiden verhielten sich ganz normal, sogar eher zurückhaltend, und gebärdeten sich nicht offen schwul, wie es sich Margit in ihrer Vorstellung ausgemalt hatte. Sie hielten auf der Straße nicht Händchen und tauschten auch keine Zärtlichkeiten aus, wie das bei Liebespaaren ja gang und gäbe war.

Doch wie die beiden miteinander umgingen, so vertraut und selbstverständlich, ließ keinen Zweifel daran, dass sie zusammengehörten. Martin schlug den Kragen seiner Jacke hoch, Thomas zog sich die Kapuze seines Sweaters über den Kopf, und so gingen sie raschen Schritts die leicht abfallende Gasse hinunter und bogen um die nächste Ecke. Margit lief ihnen nach und konnte sie, als sie selbst die Ecke erreicht hatte, gerade noch in einem Lokal verschwinden sehen. Sie eilte hinterher und hatte schon die Hand am Türgriff, als sie vor der Regenbogenfahne, die in einer Reihe mit Visa und Mastercard klebte, zurückschreckte. Ob sie in diesem Lokal willkommen wäre, konnte sie nicht sagen. Aus ihren Recherchen im Internet wusste sie, dass die meisten Lokale für jeden offen waren und es nur wenige gab, in die ausschließlich Männer eingelassen wurden. Doch da sie keine Ahnung hatte, um welche Art von Lokal es sich hier handelte, wollte sie nicht riskieren, Aufsehen zu erregen. Außerdem legte sie es nicht wirklich darauf an, dass Martin erfuhr, dass sie ihn verfolgte. Wie sie durch die Scheibenfront sehen konnte, war die Bar ziemlich klein, sie wäre ihm wohl augenblicklich aufgefallen. In ihrer Anwesenheit hätten sich die Männer nicht mehr ungezwungen verhalten, und es wäre Margit nicht länger möglich gewesen zu beobachten, wie die Dinge, auf die sie keinen Einfluss nehmen konnte, wirklich abliefen.

So wandte sie sich ab und positionierte sich auf der gegenüberliegenden Straßenseite so, dass sie freien Blick ins Innere des Lokals hatte. Die Einrichtung war in dunklem Holz gehalten, die Wände waren von lila Stoffbahnen verhüllt, darüber hingen große Spiegel mit Goldrahmen. Soweit Margit erkennen konnte, befanden sich nur Männer in dem Lokal, die meisten von ihnen standen mit Getränken an der Bar. Auf den Tischen entlang der Fensterfront brannten Kerzen, und an einen dieser Tische setzten sich Martin und Thomas. Sie tranken Wein, stießen an und sahen einander dabei in die Augen. Ihre Lippen bewegten sich abwechselnd, sie redeten und hörten dem anderen zu, sie waren ganz ungezwungen.

Margit beneidete sie um die Vertrautheit, die zwischen ihnen herrschte und die früher zwischen Martin und ihr geherrscht hatte. Sie konnte nicht sagen, ob es an der Beleuchtung lag, aber ihr war, als glänzten die Augen der beiden Männer und als wären ihre Blicke endlos und tief. Sie waren beisammen, in einem Umfeld, in dem sie sich wohlzufühlen schienen, sie waren in ihrer Welt. Auch Martin war kein Fremdkörper inmitten der schwulen Männer in dieser Bar, im Gegenteil, Margit konnte sehen, dass der Martin, den sie ihr Leben lang gekannt hatte und mit dem sie an so vielen verschiedenen Orten gewesen war, die für ihn gepasst hatten und wo auch er hingehört hatte, sich hier ohne Probleme einfügte, an einem Ort, in dem Margit aufgefallen und vielleicht sogar als Störfaktor empfunden worden wäre.

Es war fast selbstverständlich, dass Thomas sich auf einmal über den Tisch beugte und Martin auf den Mund küsste und dass dieser Kuss nicht gleich wieder zu Ende war, sondern so lang andauerte, dass es offensichtlich war, wie sehr beide Männer ihn genossen, und dass sich keiner der anderen Gäste in dem Lokal danach umdrehte oder auch nur einen schiefen Blick riskierte. Margit aber, die draußen auf der Gasse stand und diesen Kuss mitansah, machte er umso schmerzlicher bewusst, wie fehl am Platz sie in diesem Moment war.

VOLLMOND

Im letzten Drittel des Augusts wurde es schon merklich früher dunkel. Über dem Friedhof hing eine runde Mondscheibe, bleich und mit dem Ausdruck eines fragenden Auges, das alles, was sich unter ihm abspielte, mitansah, aber nichts davon verstand. Die Leiche, die der Friedhofswärter in dem Häuschen in der hintersten Ecke des Areals aufgebahrt hatte, war längst abtransportiert worden. Es hatte eine große Aktion gegeben, mit Polizei und einem Gerichtsmediziner und Reportern, die darüber berichtet hatten. Für zwei, drei Tage hatte es im Bereich des Friedhofes geschäftiges Treiben gegeben, und auch dann waren den Jungen immer wieder schaulustige Ausflügler über den Weg gerannt, die den Ort des Geschehens mit eigenen Augen sehen wollten. Wenn sie allein sein wollten, blieb ihnen in dieser Zeit nichts anderes übrig, als sich ein stilles Plätzchen in einer der leer stehenden Lagerhallen am Hafengelände zu suchen.

Mittlerweile war aber wieder jene Ruhe eingekehrt, die die Jungen im Verlauf des Sommers fast täglich hierher geführt hatte. Auch den alten Friedhofswärter konnten Martin und Thomas wieder bei seinen täglichen Verrichtungen beobachten. In einer Zeitung war er zwar in einer fetten Schlagzeile als »Leichendieb« tituliert worden, offenbar hatte man ihm aber die unschuldige Naivität abgenommen, mit der er ans Werk gegangen war, und er hatte keine größeren Schwierigkeiten bekommen.

Den vollen Mond über sich, saßen Martin und Thomas im Efeu zwischen den Gräbern. Die Nächte waren nicht mehr so lau wie noch vor kurzer Zeit; ein kühler Wind wehte zwischen den Bäumen hervor und zog über die beiden Jungen hinweg. Thomas bemerkte ihn aber nicht, seine Gedanken waren woanders. Martin hatte auf ihn den ganzen Tag schon abwesend gewirkt, nicht einmal beim Sex war er ganz bei der Sache gewesen. Es war, als ließe er Thomas' Zärtlichkeiten bloß über sich ergehen, und für Thomas war es gewesen, als küsste er Lippen aus Plastik. Sie hatten dann ungewöhnlich bald damit aufgehört.

Thomas musterte seinen Freund; Martin hockte mit angezogenen Beinen vor ihm, die Arme um die Knie geschlungen, und hatte die Augen geschlossen.

»Was hast du?«, fragte Thomas.

»Nichts. Ich habe nichts.«

»Du bist anders als sonst.«

»Darf ich doch mal sein, oder?«

»Freilich darfst du das. Es ist nur …«

»Was?«

»Ich habe nachgedacht, seit wir bei dir zu Hause waren.«

»Worüber hast du nachgedacht?«

»Dass ich dich noch nie mit zu mir genommen habe.«

»Das macht nichts.«

»Ich dachte, es würde dir etwas ausmachen«, erwiderte Thomas erstaunt. »Und ich würde dich ja auch gern mal mitnehmen. Es ist nur … wegen meinem Vater. Ich würde nicht wollen, dass du ihn triffst.«

»Wieso nicht?«

Thomas ging auf die Frage nicht ein. »Aber tagsüber ist er fast eh nie zu Hause. Extrem unwahrscheinlich, dass er gerade dann heimkäme, wenn wir da sind.«

»Schlimmer als meine Mutter kann er nicht sein.«

»Er ist viel schlimmer.«

»Wieso?«

»Davon wollte ich dir schon längst erzählen. Es war mir nur so unangenehm. Aber dir kann ich vertrauen.«

Martin fuhr ihn unvermittelt an: »Kannst du das? Wieso bist du dir da so sicher?«

»Kann ich's nicht?«

»Vertrau keinem außer dir selbst.«

»Ich verstehe nicht, wieso du das jetzt sagst. Ich meine, ich habe noch nie einen Menschen gekannt, dem ich so sehr vertraut habe wie dir.«

»Vergiss es, ich sag ja nichts.«

»Aber du hast …«

»Vergiss es, okay!«

»Ist gestern etwas passiert? Willst du mir was sagen?«

»Nichts ist passiert! Sagen wir einfach, es ist der Vollmond, dann haben wir eine schöne glatte Erklärung.«

»Du bist so anders heute.«

»Ich fühle mich einfach komisch.«

»Ich hätte nicht von meinem Vater anfangen sollen.« Thomas machte eine Pause und wartete auf Martins Widerspruch. Da keiner kam, fuhr er fort: »Gerade heute wollte ich dir erzählen, was mit meinem Vater ist …«

Der Martin, den er kannte, wäre jetzt nah zu ihm gerückt, hätte ihm zugehört und ihn verstanden, und alles wäre wieder beim Alten gewesen. Doch Martin verhielt sich nicht so, wie Thomas gehofft hatte.

»Weißt du was«, sagte Martin beim Aufstehen, »ich glaube, ich gehe jetzt besser.«

Thomas war für einen Moment sprachlos. »Was ist los?«, fragte er dann und kam auch auf die Beine.

»Das hatten wir doch schon. Nichts ist los!«

»Du lügst!«

Martin zog die Brauen wütend zusammen. Dann wandte er sich von Thomas ab. »Ich gehe jetzt nach Hause.«

Er ging los, Thomas lief ihm nach.

»Warte!«

»Lass mich in Ruhe!«

»Was habe ich denn falsch gemacht?«

Martin blieb wieder stehen. »Du hast gar nichts falsch gemacht. Es liegt nicht an dir, dass ich so bin, wie ich bin.«

Als gäbe er einen höhnischen Kommentar zu der Szene ab, die sich unter ihm abspielte, bestrahlte der Mond den Streit der Jungen wie eine Filmaktion. Die beiden standen in diesem Licht am Fuß der Treppe, die zu dem bewachsenen Erdwall hinaufführte, der den Friedhof vor Hochwasser schützen sollte: zwei bleiche, fast geisterhafte Figuren.

Thomas fiel auf, dass Martin seinem Blick auswich. »Sehen wir uns morgen?«, fragte er leise.

Martin schluckte. »Morgen nicht.«

»Was hast du vor?«

»Nichts Besonderes.«

»Warum willst du mich dann nicht treffen?«

»Ich brauch mal einen Tag Auszeit. Ich muss nachdenken.«

»Worüber? Über uns?«

»Über vieles.« Er sah auf. »Aber wir sehen uns übermorgen wieder, okay?«

Thomas sagte nichts, er musterte Martins Gesicht. »Kann ich irgendetwas tun?«, fragte er dann.

»Du kannst nichts tun. Ich hab dir schon gesagt, dass es nichts mit dir zu tun hat.«

»Also übermorgen ...«

»Dann kannst du mir auch von deinem Vater erzählen. Du darfst nicht glauben, dass mich das nicht interessieren würde.«

»Nein?«

»Mich ... interessiert alles, was mit dir zusammenhängt. Ich hab nur im Moment absolut keinen Kopf dafür.« Martin berührte kurz Thomas' Schulter. »Also, bis dann.«

Martin lief die Stufen hinauf und drehte sich noch einmal um. Thomas stand allein und bewegungslos vor der Szenerie des nächtlichen Friedhofs. Der Wind blies ihm die Haare in Stirn und Augen, und die Arme hingen ihm viel zu lang am Körper hinunter; er sah aus wie eine verzweifelte Marionette, deren Fäden ein grausamer Puppenspieler gekappt hatte.

Am liebsten wäre Martin wieder zu Thomas zurückgelaufen, hätte ihn in die Arme genommen und ihm versichert, dass alles gut wäre.

Gleichzeitig saß in ihm eine Wut auf Thomas, die er sich nicht erklären konnte. Er wollte auf ihn einprügeln und hätte sich in seiner Nähe wohl nicht beherrschen können.

Martin verstand sich selbst nicht und hasste sich für sein Verhalten. Sein Schatten, den das Mondlicht warf, wurde länger und verschwand schließlich hinter dem Wall.

EIN KIND IM ARM

Früh am Morgen packte Thomas seine Staffelei, einen Klappsessel, die Leinwand und seine Malutensilien zusammen und verließ das Haus so leise, dass er dabei niemanden weckte. Er wohnte vier Tage in der Woche auf einem Bauernhof unweit von Wien; während seiner freien Zeit blieb er in seiner Stadtwohnung. Hier auf dem Land stand er gern früh auf. Er genoss die Ruhe, wenn die Kinder noch schliefen. Außerdem malte er am liebsten in diesem halben Morgenlicht. Das herrschte auch auf seinen Bildern vor. Nur manchmal trug er die Farben, das Grün der Wiesen, das Gelb der Rapsfelder und das Braun der noch ungepflügten Felder, so satt und kräftig auf, dass es fast wirkte, als wäre die Natur dort ein lebendiges Tier, das sich aus dem Gefängnis der Leinwand zu befreien versuchte.

An diesem Morgen stellte Thomas die Staffelei auf einem kleinen Hügel am Waldrand und in Blickrichtung des Bauernhofes auf. Auf dem Hof lebten Kinder und Jugendliche; sie beschäftigten sich mit den Tieren, die sie selbst versorgten, und hatten Gelegenheit, wieder zu sich selbst zu finden. Die meisten von ihnen hatten Schlimmes mitgemacht. Das kleine Mädchen, das Thomas vor ein paar Jahren vor ihrem betrunkenen Vater beschützt hatte, hätte hierher gepasst. Damals hatte Thomas beschlossen, nach Abschluss der Abendmatura eine Ausbildung zum Sozialarbeiter zu beginnen. Gleich nach seiner Diplomprüfung war er zu den Kindern auf dem Bauernhof gekommen, seitdem arbeitete er hier.

Doch daran dachte Thomas in diesem Moment nicht. Wenn er mit den Kindern zusammen war, zählten für ihn nur sie; wenn er aber malte, gab es für ihn nur das Bild. Er hielt Zwiesprache mit dem Motiv und den Farben, fast war es, als lebte er darin. Morgendlicher

Wind zog zwischen den Bäumen am Waldrand hinter seinem Rücken, das leise Rauschen bildete den Hintergrund für seine konzentrierte Arbeit.

Aus dieser Stimmung riss ihn ein Junge, der ihm unvermittelt die Hand auf die Schulter legte. Thomas hatte den Jungen nicht näher kommen gehört; er schrak zusammen und fuhr herum.

»Mein Gott, Rainer! Jetzt hast du mich aber ordentlich erschreckt!«

Der Junge war etwa dreizehn. Er trug Jeans und einen Sweater, sah mit seiner sonnengebräunten Haut und den langen ganz glatten schwarzen Haaren aus, wie sich Thomas als Kind einen Indianerjungen vorgestellt hatte.

»Wollte ich nicht«, bekräftigte er.

»Hast du aber.« Die Worte waren gesagt, bevor Thomas sie durchdacht hatte, deshalb schwächte er den mitschwingenden Vorwurf durch ein Lächeln ab.

»Wollte ich wirklich nicht!«

»Ist nicht so schlimm.«

Der Junge schien ihm aber nicht zuzuhören. Seine Stimme wurde schrill, und er zitterte am ganzen Körper, als er schrie: »Ich wollte dich nicht erschrecken!«

Langsam stand Thomas auf. Ihm war klar, dass die Situation am Kippen war. Rainer verlor sehr rasch die Nerven und war dann immer nur schwer zu beruhigen.

»Alles ist okay«, sagte Thomas leise. »Es ist nichts passiert.«

»Aber du … du hast so schön gemalt und ich … hab dich dabei gestört!« Rainer atmete in kurzen Stößen, kaum brachte er die Worte hervor. »Ich bin … ich bin …«

»Du bist in Ordnung.«

»Ein Idiot, das bin ich!«

»Du bist kein Idiot, Rainer.«

Thomas trat noch einen Schritt auf den Jungen zu und streckte eine Hand nach ihm aus. Fast berührte er seinen Arm, da kippte der Junge nach hinten. Gleichzeitig kippte für ihn, das konnte Thomas erkennen, die Realität, der Junge drohte ins Bodenlose zu fallen. Im Straucheln warf er die Staffelei um. Seine Bewegungen froren ein; mit schreckgeweiteten Augen sah er zu, wie die Leinwand zu Boden fiel. Er schrie auf und stürzte nach vorn, wollte die Leinwand auffangen, doch seine Finger verschmierten die feuchten Farben.

Da packte der Junge das Bild und begann, es sich um die Ohren zu schlagen. Immer und immer wieder drosch er damit auf seinen Kopf ein. Bald hatte er die Wangen, die Stirn und die Haare voller Farbe. Er tobte auf der Wiese herum, brüllte wie verrückt und steigerte sich immer mehr in seine Raserei hinein. Thomas sprang ihm nach, als versuchte er, ein flüchtendes Huhn zu fassen. Endlich gelang es ihm. Er packte den Jungen am Arm und riss ihm mit einer heftigen Bewegung die zerfetzte Leinwand aus den Händen. Noch bevor Rainer in seine Richtung schlagen konnte, hatte er ihn im Griff. Er hielt ihn so lange ganz fest, bis der Junge sich nicht mehr wehrte, dann ließ er locker. Doch er wusste, was nun kommen würde, und gab ihn nicht frei. Er zog ihn an sich, und da kamen auch schon die Tränen. Der Junge weinte, er schluchzte, und der Rotz lief ihm aus der Nase und verschmierte sich in Thomas' Hemd. Nach geraumer Zeit, als er wieder verständliche Worte hervorbrachte, entschuldigte er sich unzählige Male, und Thomas versicherte ihm ebenso viele Male, dass alles in Ordnung und er ihm nicht böse wäre. Ein Kind im Arm, so saß Thomas im Gras; er redete beruhigend auf den Jungen ein, und sie standen erst dann auf, als für ihn offensichtlich war, dass Rainers Herzklopfen nicht mehr lauter war als sein klares Denken.

Später sammelten sie die Malutensilien ein und trugen sie gemeinsam zum Hof. Da benahm sich der Junge wieder ganz normal. Bis zum nächsten Mal, wenn er die Kontrolle über sich verlieren würde. Ihn dann wieder ganz festzuhalten und bei ihm zu sein, bis er sich wieder gefangen hatte, dazu war Thomas da.

DAS BILD

Draußen peitschte der Regen durch die Gasse, drinnen rubbelte sich Martin mit einem Handtuch die Haare trocken.

»Das ist der Vorteil, wenn man eine Glatze hat«, sagte Thomas: »Man ist schneller wieder trocken.«

Martin schlug grinsend mit dem Handtuch nach ihm. »Pass nur auf«, sagte er, »dass ich nicht andere Körperteile von dir nass spritze.«

Thomas zog die Augenbrauen hoch. »Das würde ich glatt riskieren.«

Sie standen da und sahen einander an.

»Ich glaube, ich habe zu viel getrunken«, sagte Martin.

»Dann komm ins Bett«, schlug Thomas vor. »Aber warte, ich möchte dir vorher etwas geben.«

»Ein Geschenk? Habe ich das verdient?«

»Wenn nicht, kannst du's heute Nacht ja noch abarbeiten.«

Sie lachten, und Thomas verschwand in dem Zimmer, das ihm als Atelier diente. »Bleib, wo du bist!«, rief er über die Schulter.

»Ich rühre mich nicht von der Stelle«, versprach Martin.

Lächelnd schaute er Thomas nach. Dieser tauchte gleich darauf wieder auf. Die Arme weit ausgestreckt, trug er ein ziemlich großes Bild vor sich her.

»Ich habe das vor Jahren gemalt«, sagte er. »Für dich.«

»Da wusstest du doch gar nicht, dass wir uns eines Tages wiedersehen würden.«

»Trotzdem. Wenn du es siehst, wirst du verstehen, dass es nur für dich sein kann.«

Er stellte das Bild ab, nahm es dann nochmals auf und drehte es um. Da standen die beiden Jungen mit den seltsam strahlenden

Augen aus Thomas' Geschichte. Wie in seinen anderen Bildern waren auch hier die Gesichtszüge bloß angedeutet. Die Gestalten waren nackt, das Blau ihrer Körper unterschied sich nur unmerklich von dem ihrer Umgebung, in die sie an manchen Stellen zu zerfließen schienen. Der eine Junge befand sich im Vordergrund, fast frontal zum Betrachter, der untere Bildrand schnitt seine Oberschenkel ab; nur sein Kopf war leicht zur Seite geneigt, in Richtung des zweiten Jungen, der ein Stück abseits stand, an eine Wand gelehnt und die Hände nach dem anderen ausgestreckt. Der vordere Junge hatte den Blick halb gesenkt, der im Hintergrund den Kopf selbstbewusst erhoben. Er blickte direkt zu dem Jungen im Vordergrund, doch es hatte den Anschein, als wäre er drauf und dran, sich abzuwenden und aus der Szenerie des Bildes davonzumachen.

Thomas trat neben Martin und lehnte den Kopf an dessen Schulter. »Was sagst du?«, fragte er leise.

»Es ist wunderschön …«, flüsterte Martin mit belegter Stimme. »Und gleichzeitig so schrecklich traurig.«

»Aber nur, weil der eine sich nicht traut aufzuschauen.«

»Ich bin dieser Feigling …«, begann Martin, flüchtete sich aber gleichzeitig in eine witzige Bemerkung: »Obwohl du meinen Schwanz ruhig etwas größer hättest malen können.«

Thomas grinste. »In meiner Erinnerung ist er anscheinend geschrumpft.«

Martin blickte Thomas an, aber gleich wieder weg. »Du warst immer der Mutigere von uns beiden«, sagte er ernst.

»Ich fürchte, du siehst mein Leben idealisiert. Ich hatte es nie einfach.«

»Aber du bist dir selbst immer treu geblieben. Das ist doch das Wichtigste. Und das ist genau das, was mir nicht gelungen ist.«

»Das sehe ich nicht so, Martin. Du hast die Familie und die Kinder, die du dir immer gewünscht hast. Das war immer dein Traum, und den hast du verwirklicht. Insofern bist auch du dir treu geblieben. Obwohl es dich wahrscheinlich sehr viel Kraft gekostet hat.«

»Vielleicht hast du recht …«

»Denk an deine süße Tochter. Und an deinen feschen Sohn …«

Diesen Satz hatte Martin noch im Ohr, dazu das Prasseln des Regens gegen die Fensterscheibe in Thomas' Wohnung, als Daniel zwei Tage später hinter dem Bild hervortrat. Martin war sonntagabends heimgekommen und hatte das Bild im Buchladen abgestellt. Es gab dort einige alte Holzstaffeleien, die Martin bei den Ausstellungen verwendete, denn sämtliche Bilder einfach an die Wände zu hängen, fand er zu einfallslos. Auf einer dieser Staffeleien hatte er das Gemälde platziert und es den ganzen Vormittag während der Arbeit vor Augen gehabt. Jetzt, mittags, kam Daniel hinter der Figur des Jungen mit dem gesenkten Blick hervor. Offenbar war er im Garten gewesen, er trug nur seine gemusterten Badeshorts und hielt ein Glas mit einem Getränk mit Eiswürfeln in der Hand. Seine Flip-Flops erzeugten leise schnalzende Geräusche auf dem Fliesenboden der Buchhandlung. Wie männlich er mit seinem trainierten Oberkörper und der leicht behaarten Brust wirkte, fuhr es Martin durch den Kopf, als er ihn so sah.

»Hallo, Papa«, sagte Daniel.

»Hallo, Daniel«, sagte Martin. »Willst du deine Sonnenbräune vertiefen?«

»Nach dem Regen am Wochenende nehme ich, was der letzte Stoßseufzer des Sommers noch zu bieten hat.«

»Wie poetisch!«

Daniel blieb vor dem Bild stehen, und Martin bemerkte, dass er es genau betrachtete.

»Wo warst du eigentlich das ganze Wochenende?«, fragte Daniel. Er fragte es wie beiläufig, aber Martin war klar, dass das nur gespielt war.

»Bei einem Freund«, sagte Martin.

Er fragte sich, wie viel von dem, was während seiner Reise vorgefallen war, Daniel bereits wusste oder was davon er zumindest ahnte. Er hatte schon als Kind großes Einfühlungsvermögen gezeigt. Bereits im Kindergarten und dann auch in der Schule hatte Daniel gespürt, wenn andere Kinder Schwierigkeiten hatten, bevor es den Erwachsenen überhaupt aufgefallen war. Oft hatte er geweint, wenn sich ein anderes Kind wehgetan hatte. Und Martin fand, dass nicht zuletzt die Fotoarbeiten, die den Sommer über in der Buchhandlung ausgestellt gewesen waren, die Sensibilität seines Sohnes bewiesen.

»Bei dem Maler dieses Bildes?«

»Woher weißt du das?«

»Wissen tu ich gar nichts ... Du hast es mitgebracht. Es ist mir heute früh schon aufgefallen.«

»Wie ... findest du's?«

»Ziemlich gut ...« Daniel wandte sich um und schaute seinen Vater direkt an. »Der eine Typ, bist das du?«

»Wen meinst du?«

»Den im Vordergrund.«

Martin, vorsichtig: »Wieso glaubst du das?«

»Auf mich macht er einen ziemlich eingeschüchterten Eindruck.«

»Und so komme ich dir vor?«

»Eigentlich nicht, Papa. Du bist mir immer wie einer vorgekommen, der das, was er sich vornimmt, auch umsetzt. Nicht ohne Rücksicht auf Verluste, aber doch nach deinen Vorstellungen.«

»Daniel, wenn du das Gefühl hast, dass du etwas loswerden musst, dann sprich es einfach aus.«

Daniel trank einen großen Schluck, dann nahm er das Glas zwischen beide Hände und hielt es ein Stück vor sich hin. Wie in Gedanken schüttelte er langsam den Kopf.

»Nein Papa, ich glaube, es ist umgekehrt. Wenn *du* über etwas reden willst, dann bin ich dafür da, das wollte ich dir sagen. Wir können über alles sprechen, aber wir müssen es nicht tun.«

Daniel kam ein paar Schritte auf Martin zu, eine Art Lichtspiel wischte dabei über sein Gesicht. Er blieb an der Kassentheke stehen und stellte sein Glas ab. Er war Martin ganz nah, hatte die Hand halb in seine Richtung ausgestreckt, berührte ihn aber nicht. Martin hätte gern die Hand seines Sohnes genommen. Was ihn davon abhielt, war die Angst, dass dann ein Damm brechen würde und er nicht abschätzen konnte, ob er die Fluten, die dann auf ihn zuschießen würden, kontrollieren konnte.

»Irgendetwas ist nicht in Ordnung«, fuhr Daniel mit sanftem Drängen fort. »Ich spüre das, die Lisa im Übrigen auch. Die Mama nimmt sich zusammen, so gut sie es schafft, aber natürlich entgeht uns nicht, dass sie total von der Rolle ist. Und auch du bist ganz anders als sonst. Deshalb nochmals: Es war schon oft umgekehrt, da war ich froh über deine Hilfe. Jetzt bin ich für dich da, wenn du mich brauchst.«

Martin zögerte noch einen Moment, dann griff er über die Theke und legte die Hand auf die von Daniel und drückte sie. »Danke«, sagte er leise. »Ich werde … vielleicht … auf dein Angebot zurückkommen. Aber nicht jetzt und nicht heute.«

»Kein Problem«, sagte Daniel. »Nur eines noch.«

»Ja?«

»Egal, was du tust, Papa, tu der Mama nicht weh.«

DER ANDERE JUNGE

Thomas ließ sich an einem Seil in der Donau treiben wie an jenem Tag, an dem er Martin das erste Mal getroffen hatte. Das Wasser gurgelte und spritzte um seinen Kopf, immer wieder schlug eine Welle über ihm zusammen, dann rührte sich Thomas nicht und wartete, bis er wieder auftauchte. Nur Augen, Nase und Mund schauten heraus; Thomas sah hoch über sich die Wolken ziehen, die Sonnenblitze dazwischen blendeten ihn. Üblicherweise gelang es ihm, sich auf diese Weise in seinen Gedanken zu verlieren, doch heute fand er keine innere Ruhe. Nach einiger Zeit gab er es auf und zog sich an dem Seil zum Ufer zurück. Er kletterte über die Steine die Böschung hinauf, wo sein Handtuch und seine Kleider lagen, und begann sich abzutrocknen. Die wirklich heißen Tage waren für diesen Sommer vorüber, er hatte am ganzen Körper eine Gänsehaut. Rasch blickte er sich um, es war keine Menschenseele in der Nähe. Er schlüpfte aus der Badehose und in seine Unterhose und die Jeans mit den abgeschnittenen Beinen und zog sich danach sein T-Shirt über, wand schließlich die nasse Badehose aus und wickelte sie in das Handtuch.

Die ganze Zeit waren seine Bewegungen mechanisch; Thomas dachte nicht an das, was er tat, sondern an Martin und die möglichen Gründe, weshalb er ihn heute nicht sehen wollte. Die vergangenen Wochen waren die schönsten seines Lebens gewesen, und er zweifelte nicht daran, dass auch sein Freund so empfand. Gleichzeitig kam Martin mit seinem Schwulsein nicht klar, das war Thomas bewusst. Er hoffte, dass Martin mit sich ins Reine kommen würde und sich selbst so akzeptieren konnte, wie er eben war, und dass er bald wieder in seinen Armen liegen und ihn in sich spüren würde. Dass er sich danach sehnte wie nach sonst nichts, ging Thomas durch den Kopf, als er aus dem Rand des Auwaldes auf den Schotterweg trat, der von hier am Friedhof vorbei zum Hafenareal führte.

Aus den Augenwinkeln sah er Martin auf dem Schutzwall, dann verschwand seine Gestalt, er ging wohl die Treppe zum Friedhof hinunter. Thomas' Herz machte einen Sprung. Martin hatte es sich anders überlegt, er hatte entschieden, ihn doch treffen zu wollen, und war auf der Suche nach ihm. Thomas klemmte sich das Bündel aus Handtuch und Badehose unter den Arm und rannte los. Er wollte Martin zurufen, bekam vor Aufregung und Freude aber keine Luft. So lief er den Schutzwall hoch, und unter ihm lag der Friedhof, und dort stand Martin und küsste einen anderen Jungen.

Der Junge, durchfuhr es Thomas, schaut fast so aus wie ich. Der Körper ähnlich zart, die Haare länger als die von Thomas und das Blond heller, aber im Grunde genommen hätten es Martin und Thomas sein können, die dort standen, eng umschlungen und in einen Kuss versunken, der Thomas schier endlos vorkam. Indessen vermochte Thomas sich nicht zu rühren; er wollte fort von hier, und gleichzeitig konnte er die Augen nicht von dem Liebespaar inmitten der Gräber nehmen. Er ging keinen Schritt auf die beiden zu, aber auch keinen Schritt zurück, und starrte sie an, während von der Donau her wie an jedem späten Nachmittag Wind aufkam. Der Wind zerrte an Thomas' Haaren, die mittlerweile schon fast getrocknet waren. Thomas fröstelte, und unwillkürlich verschränkte er die Arme vor der Brust und hielt dabei das Bündel aus Handtuch und Badehose wie einen Schatz, um den er kämpfen würde, koste es, was es wolle.

Nach geraumer Zeit löste sich Martin von dem Jungen. Der Junge wandte sich halb zur Seite, und Thomas erkannte, dass er gar kein Junge war. Martin und das Mädchen, das er eben noch innig geküsst hatte, hielten sich an den Händen und schauten einander in die Augen. Sie himmelte Martin an, doch er lächelte nicht. Stattdessen hob er den Blick und ließ ihn in die Runde schweifen. Als er auf Thomas traf, war es, als hätte er mit seiner Anwesenheit gerechnet – als wäre sie Teil eines Planes gewesen, den Thomas nicht durchschaute.

Welchen Ausdruck Martins Gesicht in diesem Moment hatte und ob er den Blick als Erster gesenkt oder ihn gehalten hätte, konnte Thomas nicht sagen, denn zu diesem Zeitpunkt hatte er bereits das Weite gesucht. Er rannte so schnell er konnte, sodass Martin, wäre er denn in dem Versuch, ihm zu folgen, die Treppe hochgelaufen, ihn zwischen den ersten Lagerhallen des Hafens nicht mehr ausgemacht hätte.

DIE NACHT IM PARK

Margit stürzte die Treppe hinunter und stolperte auf der letzten Stufe; um ein Haar wäre sie gefallen, doch es gelang ihr gerade noch, sich wieder zu fangen. Das Glas aber, das sie in der Hand gehalten hatte, rutschte ihr aus den Fingern. Es zerbrach auf dem Boden, die Scherben stoben wie überdimensionierte Wassertropfen auseinander. Der Rotwein auf den Fliesen sah aus wie Blut.

Margit hatte gegen Mittag zu trinken begonnen, mittlerweile war es spät am Nachmittag. Im Laufe der vergangenen Stunden hatte sie zwei Flaschen Rotwein bis auf diesen Rest geleert. Draußen dämmerte es bereits, es drang kaum mehr Licht ins Innere des Geschäfts, wo die raumhohen Bücherregale zusätzliche Schatten schufen. Doch Margit kannte sich hier natürlich so gut aus, dass sie kein Licht brauchte. Sie steuerte ihr Ziel an, das war der Nebenraum in der Nähe der Eingangstür zum Laden, in dem die Bilder gelagert waren. Die Ausstellung stand nicht mehr zur Debatte, die Vernissage war längst abgesagt, doch die Bilder standen immer noch in diesem Raum. Martin hatte es bis jetzt nicht der Mühe wert befunden, sie zu seinem Lover zu schaffen, erst heute früh, als er losfuhr, hatte Margit ihn aufgefordert, sie doch mitzunehmen. Aber vergeblich, also würde sie die Sache nun selbst in die Hand nehmen.

Schwankend erreichte sie den Raum und stützte sich am Türrahmen ab. Sie zog das Küchenmesser mit der langen, leicht gebogenen Klinge hervor, das sie in den Gürtel ihrer Jeans gesteckt hatte. Mit diesem Messer stach sie in die Leinwände, in manche nur einmal, in andere mehrmals, und sie zog die Klinge quer durch das Bild, auf dem sich die zwei Jungen umarmten. Das Messer war scharf, die Leinwände boten Margits Angriff kaum Widerstand, auch einige der

Holzleisten, auf die die Bilder gespannt waren, zerbrachen. Zuletzt versetzte sie dem Bild, das neu hinzugekommen war, jenes auf dem zwei Gestalten, eine mit seltsam stechendem Blick und eine zweite mit halb gesenkten Augen, zu sehen waren, einen Fußtritt, dessen Schwung ihr das Gleichgewicht nahm. Sie strauchelte, das Messer fiel ihr aus der Hand, und sie saß gleich darauf auf dem Boden. Der Schmerz in ihrem Hintern und der Hüfte brachte sie für ein paar Momente zur Besinnung; ungläubig sah sie sich selbst vor den zerstörten Bildern sitzen und fragte sich, ob sie jemals ihre Selbstachtung wiedererlangen könnte.

Doch gleich darauf schwappte die Wut erneut über ihr zusammen. Sie raffte sich auf und sammelte die zerschlitzten Leinwände und zerbrochenen Holzleisten ein. Sie musste ein paarmal hin- und herlaufen, bis sie alles in ihren Kombi geladen hatte. Dann fuhr sie los. Sie fuhr nach Wien. Dort hielt sie genau vor dem Tor des Mietshauses, in dem Thomas seine Wohnung hatte. Um den Hinweis, dass die Einfahrt freizuhalten sei, kümmerte sie sich nicht. Mittlerweile war es Nacht geworden, und Margit hätte nicht sagen können, ob tatsächlich eine Art Unwetter über Wien brauste oder ob es sich bloß in ihrem Kopf abspielte. Ihr war speiübel, sie war in Schweiß gebadet, aber sie hielt durch. Sie läutete bei Thomas Sturm und warf dann die zerfetzten Bilder vor das Haustor. Als sie die letzten fallen ließ, trat Thomas aus dem Haus.

Er zuckte merklich vor ihr zurück. »Der Martin ist nicht bei mir«, sagte er.

»Das kümmert mich nicht!«, schrie ihm Margit entgegen. »Ich wollte nur etwas abliefern.«

Da entdeckte Thomas die Bilder, die über den Gehsteig zu seinen Füßen verstreut waren.

»Lieferung zurück an den Absender«, brüllte Margit. Sie hatte eine gebückte Körperhaltung eingenommen, die Beine breit wie ein Ringer, den Kopf zwischen den Schultern eingezogen, so fand sie den Bodenhalt, den sie brauchte. »Kein Bedarf dafür. Es wäre besser gewesen, damit nie bei uns aufzutauchen.« Sie lachte auf. »Jetzt sind die Bilder kaputt und zerstört. Wie meine Familie. Zerstört wie mein Leben.« Sie kam einen Schritt auf Thomas zu. »Aber eines weiß ich: Auch diese …« Sie spie das Wort heraus: »*Liebe* … wird kaputtgehen. Der Martin wird mit der ganzen Situation nicht fertig werden, das ist schon mal klar. Trotz allem, was vorgefallen ist: Ich kenne ihn so gut, dass ich das weiß!«

Sie wartete keine Antwort ab, sondern drehte sich um, stieg in ihren Wagen und fuhr los. Dabei hatte sie vergessen, die Heckklappe zu schließen. Die pendelte ein paarmal hoch und nieder, erst durch den Schwung in der nächsten Kurve fiel sie zu. Ohne über den Weg nachzudenken, den sie nahm, fuhr Margit quer durch die Stadt. Sie fuhr eine halbe Stunde oder länger und nahm ihre Umgebung dabei nicht wahr. Als sie am Südbahnhof vorbeikam und einen Park entlangfuhr, erkannte sie plötzlich, dass sie darüber im Internet gelesen hatte.

Sie lenkte scharf nach links und quer über die Gegenfahrbahn, bremste, ließ den Wagen über den Gehsteig rollen und hielt, mit den Vorderreifen schon im Gras, schließlich an. Sie kletterte aus dem Wagen und dabei taten ihr sämtliche Knochen im Leib weh. Sie wollte ins Bett, sie wollte sich die Decke über den Kopf ziehen, doch sie war hier, und so rannte sie durch den Park. Sie wollte überprüfen, ob das, was sie im Internet darüber gelesen hatte, stimmte.

Der Wind brannte ihr in den Augen, und da sah sie auch schon die Männer auf den Parkbänken sitzen oder auf den Wegen herumschlendern. Mitten in der Nacht war hier im Park viel Betrieb. Die Männer saßen und standen abseits der Laternen, in der Nähe von Büschen und Stauden, als hätten sie vergessen, weswegen sie in den Park gegangen waren. Die meisten von ihnen wandten den Blick ab, wenn Margit in ihre Nähe kam. Zweien, die sie in den Schatten der Bäume verschwinden sah, lief sie nach. Was sie dort mitbekam, konnte sie nicht glauben. Eine Gestalt stand mit dem Rücken gegen einen Stamm gelehnt, und eine andere kauerte zu ihren Füßen. Zwei Männer rieben ihre mondlichtweißen Unterkörper gegeneinander. Die beiden, die sie verfolgt hatte, hatten gerade begonnen, einander die Hose aufzuknöpfen. Margit stand wie gebannt dabei und schaute von einem zum anderen. Erst allmählich wurde sie von den Männern bemerkt.

»Was machst du denn da?«, rief einer leise.

»Eine Spannerin«, lachte ein anderer.

»Ich suche meinen Mann«, sagte Margit. Sie bemühte sich um eine feste Stimme und einen klaren Tonfall, hatte aber keine Ahnung, ob sie damit Erfolg hatte. »Mein Mann hat beschlossen, schwul zu sein, aber er ist nicht bei seinem …«

Margit brach ab, sie brachte keine Silbe mehr heraus. Sie wollte auch keine der Bemerkungen der Männer mehr hören, deshalb verschloss sie ihre Ohren. Sie machte die Augen zu, aber da sah sie die rot aufgerichteten Penisse der Männer in einer Klarheit, wie sie im dunklen Park gar nicht möglich war, deshalb machte sie sie rasch wieder auf. Sie gab ihren Füßen den stummen Befehl, sie wegzubringen von diesem Ort, und fand sich kurze Zeit später in ihrem Auto wieder.

Die Kraft loszufahren, hatte Margit aber nicht mehr. Wie benebelt, in einem seltsamen Zustand zwischen Schlafen und Wachen, verbrachte sie die Nacht im Auto. Erst als der Verkehr auf den Straßen wieder stärker zu werden begann und sie die Morgensonne durch die Windschutzscheibe blendete, startete Margit den Motor. Im Vorbeifahren warf sie einen Blick in Richtung der Parkanlage, doch jetzt am frühen Morgen waren dort keine Männer mehr zu entdecken.

THOMAS GEHT

Thomas hatte seine Reisetasche mit den wichtigsten Dingen schon am Vorabend gepackt. Leise stahl er sich aus dem Bett. Alexander schlief noch tief und fest. Alexander war sein fester Freund, und heute würde Thomas ihn verlassen. Sie hatten einander im Jahr zuvor beim Song Contest in Birmingham kennengelernt. Nach einer Pressekonferenz der Vorjahressieger Katrina and the Waves waren sie beide um ein Autogramm der Sängerin angestanden und anschließend miteinander einen Kaffee trinken gegangen. In der Nacht, nachdem Dana International den Wettbewerb gewonnen hatte, hatten sie zum ersten Mal miteinander geschlafen, und beim Frühstück am nächsten Morgen fanden sie heraus, dass sie beide Rosinen verabscheuten. Alexander wohnte auch in Wien und war als Fan zum Song Contest gefahren, die Heimreise traten sie gemeinsam an. Seitdem waren sie zusammen, innerhalb derselben Woche feierten beide ihren neunundzwanzigsten Geburtstag.

Am Nachmittag des vorigen Tages aber hatte Alexander die Frage gestellt, vor der sich Thomas schon seit geraumer Zeit gefürchtet hatte. Aus Erfahrung wusste er, wie er darauf reagieren würde, selbst bei Paul, seinem ersten festen Freund, war es nicht anders abgelaufen: Immer wenn ein Mann ihn gefragt hatte, ob sie nicht zusammenziehen sollten, hatte Thomas die Beziehung beendet.

Jetzt schlug Alexander die Augen auf. »Was ist?«, fragte er und schaute sich blinzelnd um. »Wieso bist du schon angezogen? Es ist noch früh.«

»Ich gehe«, sagte Thomas leise.

»Du tust *was*?«

»Ich muss gehen. Es ist aus.«

»Aber …« Alexander war mit einem Satz aus dem Bett. Er schaute Thomas ungläubig an. »Du machst einen Witz, oder? Es läuft doch gut mit uns!«

»Noch.«

»Was noch?«

»Noch läuft es gut. Aber eines Tages wirst du mich sitzen lassen.«

»Das ist doch Unsinn!«

»Deshalb verlasse ich dich: Damit ich nicht von dir verlassen werde.«

»Bist du übergeschnappt?« Alexander packte ihn an den Schultern. »Ich will dich nicht verlassen!«

»Wie gesagt: *noch* nicht. Aber das ändert sich. Das ändert sich in jeder Beziehung. Ich habe das schon erlebt. Da war ein Mensch, mit dem ich mein ganzes Leben verbringen wollte, und er hat mich verlassen.«

Thomas ging einen Schritt zurück, sodass Alexanders Hände von seinen Schultern rutschten. Alexander starrte ihm mit offenem Mund nach, als er seine Reisetasche vom Boden hochnahm und zur Tür ging.

»Zu hundert Prozent ist nichts sicher im Leben«, versuchte ihn Alexander umzustimmen. »Aber bei uns habe ich wirklich ein gutes Gefühl!«

Thomas gab ihm keine Antwort. Erst als er in der Tür stand, die Hand schon an der Klinke, sagte er: »Es tut mir leid, Alex. Ich kann einfach nicht anders. Ich wollte, es wäre nicht so.«

»Wenn du jetzt gehst, brauchst du nicht zurückzukommen«, stieß Alexander hervor.

Thomas schüttelte den Kopf. »Du verstehst mich nicht«, sagte er. »Ich habe nicht vor zurückzukommen.«

Nachdem Thomas die paar Sachen, die er in Alexanders Wohnung gehabt hatte, wieder in seinen eigenen Schrank und den Badezimmerkasten eingeräumt hatte, holte er seine Staffelei, die Leinwand und Farben hervor. Seit er Alexander kennengelernt hatte, waren sie unbenutzt geblieben. Doch an diesem Tag begann er wieder zu malen, und zum ersten Mal malte er Szenen aus dem Sommer dreizehn Jahre zuvor. Er hatte schon öfter daran gedacht, aber der Moment war ihm nie richtig erschienen. Jetzt stimmten die Gefühle, die er empfand, wenn er sich an die Zeit mit Martin zurückerinnerte, mit dem überein, was er auf die Leinwand bringen wollte. Offenbar herrschte in ihm jetzt das Gleichgewicht aus Nähe und Distanz, das Thomas brauchte, um diese Bilder so malen zu können, wie er sie sich vorstellte.

Als er Jahre später die zerfetzten Leinwände und zerbrochenen Holzleisten vom Gehsteig vor dem Haus aufgesammelt und in seinem Kellerabteil untergebracht hatte, dachte er an den Abschied von Alexander zurück. Seitdem hatte er sich nie wieder auf eine feste Beziehung eingelassen, nicht einmal für ein paar Monate. Kaum war ein Mann ihm wirklich wichtig geworden, hatte er das Weite gesucht.

Dass auch die Liebe zwischen Martin und ihm kaputtgehen würde, hatte ihm Margit vorhin prophezeit. Natürlich hatte sie voller Wut gesprochen, das war Thomas klar. Aber Martin hatte ihn schon einmal verlassen, und Thomas wusste, dass er um nichts in der Welt riskieren wollte, dass das noch einmal geschah.

ONLINE

In der Deutschstunde wurde Margit unvermittelt von einem Schwindelanfall erfasst. Die Kinder stellten Goethes *Zauberlehrling* szenisch dar, Margit spielte ihnen mit grollend verstellter Stimme die Wiederkehr des Hexenmeisters vor, da traf sie der Schwindel wie ein Schlag. Die Knie wurden ihr weich, die Beine gaben unter ihr nach, sie konnte sich gerade noch an der Kante des Lehrertisches abstützen. Mit einem Keuchen, das einigen der Kinder Angst machte, fiel sie auf ihren Sessel. In der Klasse wurde es totenstill, alle starrten sie an. Offenbar wussten die Kinder nicht, ob das ungewöhnliche Verhalten der Lehrerin zu ihrer Darstellung gehörte oder ob wirklich etwas mit ihr nicht stimmte. Kalter Schweiß stand Margit auf der Stirn, sie spürte Beklemmung in der Brust, sie bekam keine Luft mehr. Hilflos wedelte sie mit einer Hand vor dem Gesicht des Jungen herum, der die Reime des Hexenmeisters eben noch so heruntergeleiert hatte, dass sie ihn unterbrochen und ihm eine dämonischere Interpretation vorgespielt hatte. Der Junge stand mit offenem Mund und großen Augen vor ihr, doch dann verstand er endlich, drehte sich um und stürzte aus der Klasse, um Hilfe zu holen.

Der Kollege Schwarzer, der die Nachbarklasse unterrichtete, eilte gleich darauf herein: ein Männlein mit weißem Kinnbart, so drahtig wie hektisch. Der Kollege Schwarzer, dessen war sich Margit gewiss, würde ihr keine Hilfe sein. In diesem Moment hatte sie das Gefühl, eine unsichtbare Hand wühlte in ihren Eingeweiden. Sie spürte einen scharfen Schmerz, und in der Folge fuhr ihr eine Welle der Übelkeit die Kehle hoch. Sie stemmte sich hoch, drängte die fuchtelnden Hände des Kollegen zur Seite, wankte zum Waschbecken und übergab sich vor den Augen der Schüler – in dem Bewusstsein, dass diese

Geschichte, von Mal zu Mal dramatischer ausgeschmückt, in der Schule ewige Runden machen würde.

Doch Margit ging es nun wieder besser. Sie wusch die Waschmuschel so lange mit der Hand aus, bis sie wieder relativ sauber war, und spülte sich dann den Mund aus. Daraufhin wehrte sie den Kollegen Schwarzer abermals ab und stelzte auf unsicheren Beinen aus der Klasse. Sie packte im Konferenzzimmer ihre Sachen zusammen und verließ das Schulgebäude, ohne bei der Sekretärin eine Nachricht zu hinterlassen,

Wie üblich war Margit zu Fuß in die Schule gekommen. Der Weg dauerte keine zehn Minuten, die frische Luft tat Margit gut. Sie betrat das Haus durch den Garteneingang, so fiel Martin in der Buchhandlung ihr frühzeitiges Heimkommen nicht auf. Margit nahm fünfzehn Tropfen zur Stabilisierung des Kreislaufs und zwanzig zur Unterdrückung von Übelkeit aus einem anderen Fläschchen und saß dann lang am Küchentisch, schob die Zeitung von einer Seite auf die andere, ohne darin zu lesen, machte sich schließlich eine Tasse Kaffee, den sie aber nicht trank. Ihr Handy vibrierte so lange in ihrer Handtasche, bis sie es abstellte. Ihr ging so vieles im Kopf herum, dass sie genug mit ihren Gedanken zu tun hatte und sich nicht mit etwas anderem abgeben konnte. Martin hatte sie vor eine Situation gestellt, mit der sie im Grunde genommen nichts zu tun haben wollte. Ihr blieb aber nichts anderes übrig, als sich damit auseinanderzusetzen. Seit Wochen versuchte sie das, aber es machte sie krank. Eigentlich sollte sie sich mit ihren eigenen Bedürfnissen befassen, dachte sie, nicht mit denen ihres Mannes. Sie wollte Martins Freund ein Messer in den Bauch stoßen, mit aller Kraft, die sie aufbringen konnte, diesen Wunsch verspürte sie immer wieder. Sie wollte dieses Messer in der blutenden Wunde hin und her drehen, bis kein Funken Leben mehr in dem Ermordeten war und niemand, nicht einmal der stärkste Mann der Welt, imstande wäre, das Messer jemals wieder herauszuziehen. Dann, hoffte Margit, würde sie selbst von den Magenschmerzen und der Übelkeit verschont bleiben. Dann würde ihr nicht mehr speiübel werden, kaum dass sie den Kühlschrank öffnete. Dann, fügte Margit mit einem Funken Sarkasmus in Gedanken hinzu, wäre ihre Sorge wieder ihr Übergewicht und nicht, wie sie es schaffen sollte, einen Bissen bei sich zu behalten.

Denn Margit wusste nicht, ob und wie es mit Martin und ihr weitergehen würde; aber dass es nicht so weitergehen konnte wie bisher, das war ihr klar geworden. Worüber sie sich nur die ganze Zeit das Hirn zermarterte, war die Ungewissheit, ob die Leere, die sie nach einer Trennung erwartete, wirklich der momentanen Situation vorzuziehen wäre.

Der Buchladen war durchgehend geöffnet, wie immer würde Martin zu Mittag eine Kleinigkeit im Geschäft essen. Nur wenn sie einmal in der Schule früher Schluss hatte, löste sie ihn für eine halbe Stunde ab. Sie hatte also keine Störung zu befürchten, vorausgesetzt dass der Direktor, nachdem er sie übers Handy nicht erreichen konnte, nicht im Geschäft anrief. Und so fasste sie an diesem frühen Nachmittag einen Entschluss. Sie würde Martin mit gleicher Münze heimzahlen, was er ihr angetan hatte. Vielleicht würde ihn das zur Besinnung bringen.

Margit hatte sich schon kundig gemacht; in Frauenzeitschriften gab es immer wieder Berichte über Partneragenturen und Online-Dating. Offenbar suchte und fand heutzutage ein großer Teil der Singles, und nicht nur diese, auf diese Weise Kontakte zu anderen Menschen. Den Computer im Büro der Buchhandlung wollte Margit verständlicherweise nicht benutzen, also startete sie den in dem Zimmer, das zwischen denen von Daniel und Lisa lag und von beiden als Arbeitsraum genutzt wurde. Im Internet loggte sie sich in eine Partnerbörse ein, die in den Artikeln als seriös bezeichnet worden war. Ihr Profil hatte sie schon vor einigen Tagen angelegt, aber noch nicht freigeschaltet. Margit zögerte ein letztes Mal, sie horchte in sich hinein, dann genügte ein Klick und sämtliche User konnten das Interesse einer zweiundvierzigjährigen, dunkelhaarigen, molligen und verheirateten Frau an einer Affäre sehen.

Margit lehnte sich in ihrem Stuhl zurück. Sie war in den letzten Wochen ausgiebig durch Seiten wie diese und die Profile unzähliger

User gesurft und hatte von den für sie unglaublichsten Wünschen und Bedürfnissen gelesen. Ihr war klar, dass die ersten Reaktionen auf ihr Inserat nicht sofort eintreffen würden. Dass sie das aber früher oder später tun würden, daran zweifelte sie kaum. Sie war fest entschlossen, diesen Moment und das, was nun auf sie zukam, zu genießen.

Die Übelkeit, die dabei wieder in ihr hochstieg, schluckte sie hinunter.

DIE EINWEIHUNGSFEIER

Sehnsucht trieb Thomas im Herbst nach einem Jahr der Trennung von Martin auf dessen Spuren. In dieser Zeit hatte Thomas so viel Sex gehabt, dass er sich an Einzelheiten schon gar nicht mehr erinnern konnte. Trotzdem bekam er Martin nicht aus dem Kopf. Und anstatt, dass dieses Gefühl mit der Zeit abzuflauen begann, wurde die Sehnsucht so übermächtig, dass Thomas sie auch mit Drogen nicht mehr betäuben konnte. Oft ging er nachts in den Park oder in den Darkroom einer Bar, denn wenn es zu dunkel war, um genau zu sehen, wessen Schwanz er blies, konnte er sich wenigstens vorstellen, dass es sich dabei um Martin handelte. An einem Nachmittag lag er unter einem Typen, nach dessen Namen er nicht einmal gefragt hatte und der mit immer heftigeren Stößen in ihn hineinrammte. Dabei sah er nur Martins Gesicht vor sich, aber als Thomas kam und die Augen aufriss, schreckte er vor dem schwitzenden Mann über ihm, der nicht Martin war, zurück. Da wurde Thomas klar, dass er etwas unternehmen musste: dass ihn die Sehnsucht nach Martin um den Verstand bringen würde, wenn er nicht zumindest noch einmal versuchte, ihn für sich zurückzugewinnen.

Thomas konnte sich nicht vorstellen, dass Martin länger als unbedingt nötig zusammen mit seinen Eltern leben wollte, deshalb rechnete er damit, dass er nach der Matura von zu Hause ausgezogen war. In der Immatrikulationsstelle der Universität fand er seine neue Adresse heraus. Eines Abends machte er sich auf, um Martin wiederzusehen, und durch Zufall bekam er dabei Margit zu Gesicht.

Martin gab offenbar eine Party. Auf Thomas' Läuten am Haustor wurde ihm ohne Nachfragen geöffnet. Durch das Stiegenhaus flutete Musik, die aus Martins Wohnung im dritten Stock kam. Die Wohnungstür stand weit offen, und Thomas trat einfach ein. Hier war eine Studentenfeier im Gange, und Thomas hätte sich am liebsten gleich wieder aus dem Staub gemacht. Doch gleich im Vorzimmer drückte ihm ein junger Mann eine Flasche Bier in die Hand, ein anderer klopfte ihm wie einem alten Kumpel auf die Schulter, und indem Thomas drei Mädels auswich, die in einer Ecke die Köpfe zusammensteckten, wurde er ins Wohnzimmer gedrängt.

Es handelte sich offenbar um eine Einweihungsfeier für Martins neue Wohnung, so schätzte Thomas, denn viele Einrichtungsgegenstände gab es noch nicht. Das einzige Möbelstück, das Thomas ausmachen konnte, war ein großes blaues Sofa direkt in der Mitte des Wohnzimmers. Auf diesem Sofa saßen Martin und eine junge Frau, offensichtlich gehörten sie zusammen. Sie saßen einander zugewandt auf dem Sofa, die junge Frau hatte ein Bein über Martins Oberschenkel gelegt, und er hielt ihre Hände zwischen den seinen, und sie hatten nur Augen füreinander und schienen mit ihren langen Blicken, die keinen Anfang hatten und kein Ende fanden, im Leuchten der Augen des anderen zu versinken. In diesem Raum voller Menschen befanden sich die beiden auf einer Insel, die nur ihnen gehörte. Im Lärm der Musik und der Stimmen, so stellte sich Thomas das vor, saßen all diese gut gelaunten jungen Menschen mit Zukunft da wie unter einer Glocke aus Glas, die alles abschirmte, das sie nicht unmittelbar betraf. Als Schulabbrecher fühlte sich Thomas unter diesen Studenten total fehl am Platz. Er bekam auch mit, dass er neben Martin und dieser jungen Frau schlicht und einfach nichts zu suchen hatte, dass in ihrer Nähe für ihn selbst nicht mehr genug Luft zum Atmen blieb.

So stand Thomas eine Zeit lang da und starrte die beiden an. Was um ihn herum vor sich ging, nahm Thomas nicht wahr, denn er zog alle Energie, die er aufzubringen imstande war, in sich zusammen und legte sie in die unsichtbare Verbindung, die zwischen Martin und ihm bestand. Er versuchte, sich Martin ganz genau einzuprägen, die Züge seines Gesichts, die Schattierungen seiner Haut, die Glieder seiner Finger, denn er dachte, dass er ihn in seinem Leben niemals wiedersehen würde. In seiner Vorstellung wandte Martin auf einmal den Kopf und schaute ihn an. In seinen Augen blitzte Erkennen auf, sein Mund verzog sich zu einem Lächeln. Er stand auf, kam auf ihn zu, nahm ihn in die Arme und drückte ihn an sich, wie das nur Martin konnte, und dann neigte er sich ihm zu und flüsterte ihm ins Ohr, dass alles gut sei und sie nun für immer zusammenbleiben würden, und seine Lippen berührten die seinen in einem Kuss, der nur ihnen gehörte.

Jäh wurde Thomas aus seinen Gedanken gerissen, als der reale Martin, der vielleicht Thomas' Blick auf seinem Körper gespürt hatte, auf dem Sofa den Kopf zu wenden und in seine Richtung zu blicken begann. Da handelte Thomas rasch. Er stellte die Bierflasche auf dem Tablett ab, das ein Mädel neben ihm vor sich her trug, und wandte sich ab. Als Martin zu der Ecke blickte, wo Thomas eben noch gestanden war, war dieser schon aus dem Zimmer verschwunden.

DER ABSCHIEDSKUSS

Das Läuten der Türglocke riss Thomas aus einem Wachtraum, in dem alles anders war als in der Wirklichkeit. Thomas schreckte hoch und wusste im ersten Moment nicht, wo er sich befand. Es klingelte erneut, während er unter den Kleidungsstücken, die auf dem Boden seines Zimmers verstreut waren, Boxershorts und ein Shirt fand und rasch hineinschlüpfte.

Vor der Wohnungstür stand Martin. Als hätte er ihm einen Stoß versetzt, stolperte Thomas vor seinem Anblick ein paar Schritte zurück. Die Türen zur Küche und dem Schlafzimmer standen offen, der Vater war offenbar nicht zu Hause. Das ging Thomas erleichtert durch den Kopf, als Martin das Vorzimmer betrat.

»Woher weißt du, wo ich wohne?«, entfuhr es Thomas als Erstes.

»Du stehst im Telefonbuch.«

Dann die eigentliche Frage: »Was willst du hier?«

»Du wolltest mir doch deine Wohnung zeigen«, sagte Martin.

»Nicht nach dem, was ich gestern gesehen habe.«

»Was hast du gesehen?«

»Das, was du wolltest, dass ich es sehe.«

»Ich wollte das nicht.«

»Ich glaube schon. Wieso sonst hättest du sie zum Friedhof gebracht.«

»Sie hat sich geziert. Ich habe mir gedacht, dass sie die gruselige Atmosphäre gegen Abend auf dem Friedhof weich macht.«

»Und hat es geklappt?«

Martin nickte langsam. »Ich hab auf verliebt getan, und sie hat sich ficken lassen.«

»Auf dem Friedhof? An *unserem* Platz?«

»Die Atmosphäre hat was …«

»Du Arschloch!«

»Ich kann mich erinnern«, erwiderte Martin, »dass mein Arschloch deiner Zunge schon viel Freude bereitet hat.«

»Du hast mir die ganze Zeit etwas vorgegaukelt!«, schrie Thomas darauf. Er stand vor Martin, die Schultern nach vorn gekrümmt, die Hände in verzweifelter Hilflosigkeit zu Fäusten geballt, und setzte leiser, in fast flehendem Ton, nach: »Hast du auch bei mir nur auf verliebt getan?«

Da verschwand der überhebliche Ausdruck auf Martins Gesicht. Seine Züge, sein ganzer Körper wurden weich, als er langsam auf Thomas zutrat.

»Nichts, was ich zu dir gesagt oder mit dir getan habe, war gespielt.«

Thomas schluchzte auf. »Warum dann das alles?«

Martin schluckte mehrmals, bevor er weiterreden konnte. »Weil ich das nicht kann. Weil ich es einfach nicht schaffen würde.«

»Was würdest du nicht schaffen?«

»Offen schwul zu leben.«

»Aber wir wären doch zusammen!«

»Ach, wer weiß, wie lange.«

Thomas ging einen Schritt auf ihn zu. »Für immer.«

Martin schüttelte heftig den Kopf. »Du kennst meine Eltern. Du weißt, wie sie leben. Vielleicht würden auch wir einander eines Tages zerfleischen. Dann stehe ich da, ganz allein als schwuler Mann, in einer Gesellschaft, in der ich nie dazugehören würde, in der ich immer ein Außenseiter wäre. Dazu … fehlt mir der Mut.«

Thomas streckte eine Hand nach ihm aus. »Wir würden beisammen sein, glaub mir, das gelingt uns.«

Martin zögerte einen Moment, dann griff er nach Thomas' Hand. »Ich möchte Kinder«, sagte er leise. »Ich möchte eine Familie haben, deren Mitglieder füreinander da sind. Ein Vater sein, der es besser macht als meiner. Der für die Kinder da ist und ihnen zeigt, dass er sie liebt. Dazu bin ich in der Lage, das weiß ich ganz sicher.«

Thomas zog seine Hand wieder weg. »Das heißt also, ich war nur das Versuchskaninchen in einer kurzen Phase deines Lebens.«

»Thomas, du warst so viel mehr!«

Martin kam so nahe, dass Thomas die Hitze seines Körpers spüren konnte. Er legte die rechte Hand an Thomas' Wange und sah ihm in die Augen. Für einen Moment neigte Thomas seinen Kopf leicht zur Seite und ließ ihn in Martins Hand ruhen. Unter der Ohrfeige, die er Martin gleich darauf ohne Vorwarnung versetzte, zuckte dieser nicht einmal zusammen. Nur der Druck seiner Fingerkuppen gegen Thomas' Schläfe verhärtete sich.

»Ich kann nicht anders«, flüsterte Martin. »Bitte hasse mich nicht dafür.«

Dann küsste er Thomas. Er küsste ihn, daraufhin zog er seine Hand zurück und presste die Lippen zusammen. Er drehte sich um, ging aus der Wohnung und ließ Thomas in einem Leben ohne ihm zurück.

DAS BILDERBUCH

Martin sah der Kundin beim Verlassen des Ladens nach, dann nahm er einige Bücher aus der Kiste mit der heutigen Lieferung und begann, sie auf dem Tisch mit den Neuerscheinungen zu ordnen. Auf einmal erschien ihm die Luft dick und unbeweglich. Schweiß stand ihm auf der Stirn. Obwohl die Buchhandlung immer sein Lebensinhalt gewesen war, kam er sich von einem Moment auf den anderen hier vor wie lebendig begraben. Er stolperte zu einem Fenster. Mit zitternden Händen öffnete er es, stieß die Flügel weit auf und hielt den Kopf in die frische Luft. Er atmete tief aus und ein, und allmählich spürte er, dass er im Kopf wieder klarer wurde.

Als er sich schließlich umwandte, sah er Margit am Fuß der Treppe zur Wohnung stehen. Martin ging auf seine Frau zu, sie aber wich einen Schritt vor ihm zurück und trat wieder auf die erste Stufe.

Martin blieb stehen. Sein Blick sprang zwischen Margit und den Bücherregalen hin und her. Er blieb an einem Regal in der Kinderbuchabteilung hängen. Dort hatte er auch immer die Bücher auf Lager, die Daniel und Lisa als Kinder ganz besonders gern gehabt hatten. Martin ging zu dem Regal und nahm nach kurzem Suchen eines der Bilderbücher heraus. Es trug den Titel *Weißt du eigentlich, wie lieb ich dich hab?* Als sie klein waren, hatten es Daniel und Lisa geliebt. Sie hatten den Text auswendig gekonnt, und trotzdem hatten sie immer wieder gebettelt, Martin sollte es ihnen doch vorlesen.

Lächelnd schlug Martin das Buch auf der letzten Seite auf, auf der der große Hase dem kleinen Hasen versicherte, sie würden einander »bis zum Mond und wieder zurück« lieb haben.

»Kannst du dich an das Ritual des Vorlesens erinnern?«, fragte er leise in Margits Richtung. »Jeden Abend. Ohne Vorlesen war das

Einschlafen für die Kinder nicht denkbar, auch wenn sie noch so müde waren.«

Abwartend blickte Martin seine Frau an, aber Margit antwortete nicht gleich.

»Ich kann mich schon daran erinnern«, sagte sie nach einer Weile. »Aber wie steht es mit dir? Hast du deine Kinder nicht schon vergessen?«

»Wie kannst du so was sagen?«, rief Martin. »Wie kannst du so was *glauben*?«

»Ich kann glauben und sagen, was ich will«, antwortete Margit hart. »Solange du einfach tust, was *du* willst, ohne dich dabei um mich zu kümmern, hast du mir keine Vorschriften zu machen.«

Damit drehte sie sich um und ging die Treppe hinauf und ließ Martin mit dem aufgeschlagenen Bilderbuch in den Händen einfach stehen.

EIN REIGEN

In dieser Nacht war es nicht die Angst vor dem Einschlafen gewesen, die Thomas lang wach gehalten hatte. Er hatte beschlossen, seine Gefühle Martin gegenüber klar und deutlich auszusprechen. Er hatte eingesehen, dass ein Weiterleben wie bisher für ihn keinen Sinn mehr ergab. Es war die Furcht vor möglichen Konsequenzen einer solchen Aussprache, die ihm den Schlaf raubte.

Sie saßen beim Frühstück, und Martin hob gerade die Kaffeetasse zum Mund, als Thomas ihm geradewegs in die Augen schaute und ihn fragte, wie er sich denn ihre gemeinsame Zukunft vorstellte.

»Unsere Zukunft?«

»Ich meine, wenn es nach dir geht – haben wir denn dann überhaupt eine gemeinsame Zukunft?«

Darauf kam von Martin nichts.

»Kannst du mir eine Antwort geben? Kannst du bitte etwas sagen?«

»Was soll ich sagen?«

»Ich glaube, meine Frage war recht klar!«

»Ich weiß es nicht! Ich weiß nicht, ob wir eine gemeinsame Zukunft haben!«

»So kann ich aber nicht leben, mit dieser Ungewissheit und ohne jede Perspektive.«

»Das ist mir bewusst.«

»Ich glaube auch nicht, dass deine Frau auf diese Weise leben kann oder will. Auch sie wird eine Entscheidung haben wollen.«

»Die kann sie ja selbst treffen.«

»Wieso nicht du?«

»Thomas, hör auf! Mit diesen Fragen vertreibst du mich!«

Thomas' Stimme wurde dünn, fast unhörbar. »Wieso vertreibe ich dich? Ich will doch nur wissen, woran *ich* bin.«

Martin sprang auf und schrie: »Kannst du denn wirklich nicht verstehen, dass ich selbst nicht weiß, woran ich bin?« Er lief ein paar Schritte im Zimmer herum, blieb dann abrupt stehen und sagte leiser: »Ich habe eine Familie. Ich habe eine Frau und zwei Kinder. Und ich bin schwul, und es gibt einen Mann, den ich liebe. Das ist es, was ich bin.« Er blickte Thomas direkt an. »Gibt es eine Bezeichnung dafür? Unter welchem Buchstaben bin ich denn im Fremdwörterbuch eingetragen?«

Darauf Thomas: »Die Bezeichnung ist ganz egal, wen interessiert die schon! Steh einfach dazu.«

Martin hielt seinen Blick eine geraume Weile, auf einmal drehte er sich aber um und verließ das Zimmer. Er zog sich im Vorraum die Schuhe an und nahm seine Jacke unter den Arm, bevor Thomas noch so recht reagieren konnte. Dann war er auch schon aus der Wohnung.

Im ersten Moment stand Thomas nur da und ließ das, was soeben abgelaufen war, nicht an sich heran. Er blockierte den Gedanken, dass Martins Handlung etwas Endgültiges markieren könnte. Er ging zum Fenster und sah Martin in seinen Wagen steigen und davonfahren. Er rührte sich nicht. Die Zeit verstrich, ohne dass er davon Notiz nahm. Erst allmählich sickerte die Erkenntnis in ihn ein, dass sich Martin wortlos davongemacht hatte. Und dass dieser Schritt endgültig sein könnte. So endgültig wie damals, als Thomas Paul und Alexander verlassen hatte, ohne Anlass, ohne Grund, der für sie verständlich gewesen wäre. Er war in einem Reigen gefangen, dessen wurde sich Thomas bewusst, der seinen Anfang genommen hatte, als Martin ihn vor zweiundzwanzig Jahren verlassen hatte, und der sein ganzes Leben bestimmt hatte.

Thomas hatte vorhin das Frühstück gemacht und war im Gegensatz zu Martin noch nicht angezogen. Deshalb dauerte es gute zehn Minuten, bis auch er die Treppe hinuntereilte und ihm folgen konnte. Im Gegensatz zur Trennung von Paul und Alex, das ging Thomas dabei durch den Kopf, war die Trennung damals nicht endgültig gewesen; Martin und er hatten eine zweite Chance erhalten. Und wenngleich er seine klaren Worte Martin gegenüber nicht bereute, war Thomas doch auch nicht bereit, diese zweite Chance einfach wegzuwerfen.

DAS SCHWARZE LOCH

Voller Wut schlug Martin hinter sich die Autotür zu. Zweimal traf er mit dem Schlüssel nicht ins Schloss, erst dann gelang es ihm, den Wagen zu starten. Er fuhr los, ohne auf den Verkehr zu achten. Bei roten Ampeln bremste er erst im letzten Moment ab. Wie in Trance lenkte er den Wagen durch die Stadt und dann aufs Land hinaus. In ihm tobte ein Sturm, der ihn nicht zur Ruhe kommen ließ. Er hasste sich dafür, Thomas einfach stehen gelassen zu haben. Unter Druck gesetzt, hätte er es aber auch keine Sekunde länger bei ihm ausgehalten. Am liebsten wäre er umgedreht, wäre die Stufen zu Thomas' Wohnung hinaufgelaufen, hätte seinen Freund in die Arme geschlossen und ihn nicht wieder losgelassen. Gleichzeitig wollte er Margit und die Kinder an sich drücken und ihnen versichern, wie lieb er sie hatte. Wie er es auch drehte und wendete, er fand keinen Ausweg aus diesem Dilemma. Vor die Wahl gestellt, sich für die eine Seite zu entscheiden und die andere von sich zu stoßen, fühlte sich Martin zerrissen wie unter Folter.

Das Schlimmste daran war, dass Martin genau wusste, wie sehr er alle anderen durch sein Verhalten verletzte. Ihm kam es vor, als hätte sich auf einmal ein schwarzes Loch aufgetan, das nach und nach seine Vergangenheit einsaugte, sie verschluckte und zusammenpresste, bis nichts davon mehr übrig war. Was ihm vorerst blieb, war ein Jetzt, das ihm schier unerträglich erschien. Doch auch dieses Jetzt, diese Gegenwart seines Lebens, würde es bald nicht mehr geben, sie schien unmittelbar vor der Auflösung zu stehen. Martin hatte alles gehabt, wovon man im Leben nur träumen konnte: eine Partnerin, die ihn aufrichtig liebte, zwei gesunde Kinder, einen Beruf, der ihm große Freude machte. Doch dann war in der Person von Thomas und

Martins Liebe zu ihm etwas hinzugekommen, das an und für sich nichts Schlechtes war, aber eigentlich zu viel des Guten – etwas, das das Gleichgewicht seines Lebens störte. Martin hatte unheimliche Angst davor, dass ihm schlussendlich gar nichts bleiben würde: dass er allen Menschen, die ihm etwas bedeuteten, so sehr wehtat, dass sie ihn verlassen würden und er allein und einsam zurückbleiben würde.

Solche Gedanken hätte Martin vor Kurzem noch als melodramatisch abgetan. Nun aber flackerten sie in seinem Kopf umher und nahmen ihm in Augenblicken wie diesem die Fähigkeit, klar und nüchtern zu denken. Er wollte schreien, hatte aber das Gefühl, keine Luft dafür zu haben. Er hatte mit Margit nicht genug geredet. Seit ihrem großen Streit hatten sie kaum mehr ein Wort miteinander gewechselt. Margit war ihm aus dem Weg gegangen. Die wenigen Sätze, die sie an ihn richtete, waren voller Sarkasmus. Trotzdem hätte er sich intensiver mit ihr auseinandersetzen müssen; es nicht getan zu haben, war sein Fehler. Sie hätten die Dinge, wie sie zwischen ihnen waren, aussprechen und klar beim Namen nennen sollen.

Auch seine Beziehung zu Thomas hatte darunter gelitten, dass Martin einer Aussprache auswich. Thomas hatte schon mehrmals Andeutungen über seine Gefühle gemacht, doch Martin war darüber hinweggegangen. Er hatte sich Thomas gegenüber taub gestellt, er hatte insgeheim auf eine Lösung gehofft, die sich ohne sein Zutun wie von selbst ergeben würde.

Herausgekommen war natürlich nichts. Von selbst ergaben sich keine Lösungen. Martin musste mit Margit reden, dann auch mit den Kindern. Und mit Thomas. Offen und ehrlich und ohne Ausflüchte, das war er ihnen schuldig.

Doch dazu musste er sich erst einmal klar werden, was er ihnen sagen wollte. Er liebte Thomas, aber er liebte auch seine Familie. Dass er vor einem Gespräch nicht länger davonlaufen konnte, sah Martin ein. Was bei einem solchen Gespräch aber herauskommen würde, das wusste er nicht.

DER ENTSCHLUSS

Es war ein Samstagvormittag, als Margit den Entschluss fasste, sich das Leben zu nehmen. Am späten Freitagnachmittag hatte sie beim Heimkommen ohne Überraschung festgestellt, dass Martins Wagen nicht vor der Tür stand und der Buchladen bereits geschlossen war. Margit ging durch den dunklen Laden und stieg die Treppe in die Wohnung hinauf; das Haus um sie herum war ohne Menschen. Daniels Herbstsemester hatte längst begonnen, er würde nur sporadisch zu Besuch kommen. Lisa hatte schon in der Früh ihre Sachen gepackt, eine Freundin gab eine Übernachtungsparty. Und Martin verließ sich in letzter Zeit immer öfter darauf, dass die Hilfskraft, die er im Buchladen beschäftigte, das Geschäft am Samstag schon schaukeln würde.

Margit ging langsam durch die Räume und ließ ihren Blick schweifen. Es gab keine Punkte, an denen er hängen blieb. Auch zum Computer zog es sie nicht, er stellte für sie keinen Reiz mehr dar. Das Thema Partnervermittlung war für sie gestorben.

Es war erst ein paar Tage her, dass sie einen Mann über das Internet kennengelernt hatte. Auf ihr Online-Inserat hatte Margit dreizehn Antworten bekommen. Neun Kontakte sandten ihr ein Foto, aufgrund dessen sie vier von vornherein aussonderte. Mit den fünf übrigen Kontakten tauschte sie einige Mails aus, woraufhin sich zwei davon als Frauen entpuppten. Blieben drei Männer, mit ihnen beschloss Margit, sich zu treffen. Der erste stellte sich als zwölf Jahre älter und der zweite als zwanzig Kilo schwerer als angegeben heraus. Der dritte Mann hieß Peter, war ebenfalls Lehrer und frisch geschieden und hatte zwei Kinder, die bei ihm lebten. Margit fand ihn sehr sympathisch. Sie traf sich mit ihm zum Essen in einem Restaurant, das Margit eigentlich viel zu teuer war. Trotzdem bestand sie auf eine getrennte Rechnung. Der Wein und der Kerzenschein stimmten Margit romantisch, die nette Unterhaltung tat das Übrige. Anschließend gingen sie die halbe Nacht spazieren, sie schlenderten durch die Innenstadt und unterhielten sich über Gott und die Welt, und Margit ließ sich in einer dunklen Ecke von Peter küssen. Anschließend gingen sie in Peters Wohnung, die Kinder, so erklärte er Margit, habe er für diese Nacht bei seiner Mutter untergebracht.

Sie tranken noch eine halbe Flasche Wein, dann begann Peter Margit zu küssen. Er zog ihr die Bluse aus und drückte ihre Brüste mit einer Inbrunst, die Margit völlig überraschte. Sie hätte es nicht für möglich gehalten, dass ihr Körper, den sie im Spiegel gar nicht betrachten mochte, weil er ihr viel zu dick vorkam, einen Mann auf solche Weise zu erregen vermochte. Mit ähnlicher Überraschung registrierte sie, dass Peter ihr auch den Rock und gleich auch den Slip über die Knie und bis zu den Knöcheln hinunterzog und sich zwischen ihre Beine hockte und seine Nase in ihr versenkte. Margit fuhr mit einem Fuß aus Slip und Rock. Sie spreizte die Beine und hatte dabei Peters Scheitel zwischen ihren Schenkeln im Blick. Ihr fuhr durch den Kopf, dass Martin das nie getan hatte. Aber als sie das dachte, war es schon aus mit ihrer Erregung, denn kaum war Martin in ihrem Kopf, tauchte neben ihm auch schon Thomas auf, und beide sahen sie fragend und leicht belustigt an und fingen dann an, miteinander zu schmusen. Die Laute, die Margit dabei von ihnen zu hören glaubte, waren in Wirklichkeit die Geräusche, die Peter von sich gab, und da bemerkte sie, dass er längst auf ihr lag und in sie eingedrungen war und sich schon dem Höhepunkt näherte.

Der Rest des Treffens ging auch irgendwie vorüber, Margit trank aber keinen Wein mehr. Zum Abschied gab sie Peter einen Kuss und strich ihm verstohlen über den Scheitel und hatte gleich wieder das Bild vor Augen, das sie zur Eile trieb. Sie fuhr durch die frühen Stunden des Morgens in Richtung der kleinen Stadt, in der sie lebte, und beschloss für sich, dass die Sache den ganzen Aufwand nicht im Mindesten wert gewesen war. Eine weiteres Date, das war für sie klar, würde es nicht geben.

So lag das Wochenende schier endlos vor Margit. Sie beschloss, der Angst vor dieser Leere gar nicht erst die Gelegenheit zu geben, sich in ihrem Denken noch breiter zu machen, als es ohnehin bereits der Fall war. Sie setzte sich mit einer Flasche Wein vor den Fernseher und ließ die Vorabendserien vor sich flimmern und nahm keinen Unterschied zu den folgenden Nachrichten wahr. Gegen acht Uhr abends nahm sie zwei Schlaftabletten, legte sich ins Bett und wachte erst zwölf Stunden später wieder auf.

Der Morgen vor den Fenstern war nebelig und grau; ein kalter Wind riss die Blätter der Kastanienbäume vor dem Haus von den Zweigen und trieb sie auf dem kleinen Platz, wo im Sommer die Tische und Sessel standen, vor sich her. Margit machte sich einen Kaffee und stieg auf unsicheren Beinen die Treppe zum Buchladen hinunter. Dort war niemand. Margit wusste nicht, was genau Martin mit der Hilfskraft vereinbart hatte, jedenfalls war sie nicht aufgetaucht. Margit hatte keine Lust, die Hilfskraft anzurufen, und ihr war klar, dass sie nicht einmal ansatzweise die Kraft hatte, das Geschäft selbst den ganzen Tag zu führen. Im Grunde genommen sah sie auch keine Veranlassung dazu. Sie hatte ihren Beruf, Martin den seinen. Wenn ihm ein paar Stunden länger mit seinem Lover es wert waren, die jahrelange Aufbauarbeit, die er in seinen Buchladen gesteckt hatte, zunichtezumachen, lag es nicht in ihren Händen, das zu verhindern.

Wobei, wie sie bitter dachte, überhaupt nichts mehr in ihren Händen zu liegen schien. Was eigentlich, überlegte sie weiter, den Schluss nahelegte, dass ihr Leben völlig nutzlos geworden war und sie genauso gut die Konsequenz daraus ziehen konnte.

So heftig, dass sie selbst zusammenzuckte, traf Margit diese Erkenntnis. Sie stellte ihre Kaffeetasse auf die Kassentheke, ging ins Büro und schaltete den Computer ein. Es dauerte eine Weile, bis sie im Internet war. Währenddessen überlegte sie, wie Martin diesen Friedhof genannt hatte, wo er als Siebzehnjährigen Thomas immer wieder getroffen hatte. Martin hatte ihr einmal ganz offen davon erzählt, und Margit hatte bei sich gedacht, dass dies der Ort sei, an dem das Verhängnis ihres Lebens seinen Anfang genommen hatte;

zu einem Zeitpunkt, an dem Martin und sie einander noch gar nicht kannten, war bereits besiegelt gewesen, dass ihre Ehe eines Tages ins Nichts führen würde.

Margit brauchte nur einen einzigen Versuch, dann hatte sie den Friedhof der Namenlosen gegoogelt und befand sich auch schon auf der dazugehörigen Homepage. Sie las sich alles genau durch, studierte die Texte über die Geschichte des Friedhofes und den langjährigen Betreuer der Gräber und klickte jedes einzelne der Fotos an.

Aus einem weiteren Eintrag in der Liste der Ergebnisse der Suchmaschine erfuhr sie, dass eine Szene des Films *Before Sunrise* auf dem Friedhof gedreht worden war, und erinnerte sich daran, wie romantisch sie diese Geschichte über die Liebe einer einzigen Nacht empfunden hatte. Doch die Szenen, die sich vor zweiundzwanzig Jahren auf dem Friedhof abgespielt hatten, diese Bilder, die sie zwar nie mit eigenen Augen, dafür aber unzählige Male in ihrer Vorstellung mitangesehen hatte, waren keinem Film entsprungen, sie stellten die Realität dar. Margit hatte am Ende dieser Liebesgeschichte im Kino geweint; das Gefühl, dass es ihr schier das Herz in der Brust zerriss, wann immer sie an den jugendlichen Martin und seinen Liebhaber auf dem Friedhof dachte, machte den Unterschied zwischen Film und Wirklichkeit aus.

Schließlich druckte Margit den Lageplan von Hafen und Friedhof aus und verließ das Büro, ohne sich darum zu kümmern, den Computer wieder herunterzufahren. Ihr Entschluss stand fest: Wo alles seinen Anfang genommen hatte, würde es auch sein Ende finden. Sie wollte und konnte nicht mehr so weiterleben wie in den letzten zwei Monaten, sie hatte weder die Lust noch die Energie dazu. Martin sollte sehen, wie er es ohne sie schaffte, und ganz egal, wie gut oder schlecht es ihm gelingen würde, er sollte nie vergessen, dass kein anderer als er die Schuld an ihrem Tod trug.

Diese letzte Genugtuung vor Augen, fühlte sich Margit so lebendig wie schon lange nicht mehr. Sie nahm sich Zeit für eine heiße Dusche und dafür, sich ihre schönste spitzenbesetzte schwarze Unterwäsche und einen hellgrauen Rock und eine dazu passende weiße Bluse auf dem Bett zurechtzulegen – alles dem feierlichen Anlass entsprechend. Sorgfältig schminkte sie sich das Gesicht und benutzte den Lippenstift in dem dunklen Rot, das so gut zur Farbe ihrer Haare passte. Als sie in ihren Wagen stieg und losfuhr, trug sie eine helle Jacke, die wie ein Sakko geschnitten war und von der die Kolleginnen in der Schule immer sagten, wie gut sie ihr stehen würde. Sie nahm nicht die direkte Strecke zum Alberner Hafen, sondern fuhr den Rest des Tages in der Gegend herum und traf erst am frühen Nachmittag im Hafengebiet ein. Sie parkt nahe an dem Friedhof und ging zwischen den Gräbern umher, las die Inschriften auf den Kreuzen und stand dort lange und starrte mit tränenglänzenden Augen vor sich hin und merkte nicht, dass um sie herum leichter Nebel aufzog. Dann, als hätten ihre Gedanken einen Punkt überschritten, von dem aus es kein Zurück mehr gab, stieg sie die Stufen hinauf und die Böschung auf der anderen Seite wieder hinunter. Sie durchquerte den Streifen Auwald und stand noch eine Zeit lang am Ufer der Donau, schaute den Nebelfetzen zu, die von den schmutzig-grauen Wellen hochwallten und lauschte dem Gurgeln des kaum sichtbaren Wassers. Es war, als würde sich die Welt vor Margit zurückziehen, als stünde sie jetzt ganz für sich da, umgeben vom Nebel, irgendwo in ihrem Rücken die Bäume und die Gräber und die Lagerhallen und vor ihr die Donau, deren Wellen sie eben noch schlagen gehört hatte, die jetzt aber zu einer reinen Ahnung verkommen war. Margit ging einen Schritt nach vorn, bis sie auf einem abgeflachten Stein der Uferbefestigung stand, auf dem sie guten Halt hatte. Vor ihr, das fühlte sie, befand sich die Trennlinie zwischen ihr und dem Nichts. Sie spürte die Einladung der nebeligen Leere vor sich, die mit unsichtbaren Fingern nach ihr griff und sie zu sich zog. Es war, als wären die Seelen aus den Gräbern gekrochen und hätten quer durch den Auwald einen Bogen um sie geschlagen und lockten sie nun, sich ihnen anzuschließen, eine von ihnen zu werden. Und anstatt in Panik auszubrechen, wurde Margit bei diesen Eindrücken tatsächlich ganz ruhig: Ihre Geduld mit sich selbst war grenzenlos, und der Faktor Zeit zerfloss wie die milchigen Schwaden um sie herum. Ihre Traurigkeit war verflogen, Martin und sein Freund waren ihr schon aus dem Sinn, sie hatten keine Wichtigkeit mehr in ihrem Leben, dem sie nun gleich ein Ende setzen würde. Vergessen war auch schon der Grund für diesen Schritt, dennoch erschien er ihr als sinnvoll und einleuchtend. Margit hatte für sich selbst zu existieren aufgehört, sie kannte nicht einmal mehr ihren Namen, und namenlos, das allein war ihr bewusst, passte sie an diesen Ort, wurde sie eins mit den Seelen der Wasserleichen auf dem Friedhof, bereit, einzutauchen in ein Bett aus feuchter Erde.

Und so sprang sie ins Wasser.

NÄCHTLICHE BOOTE

Thomas fuhr ziemlich zügig, trotzdem schaffte er es nicht, Martin einzuholen. Erst über eine Stunde später parkte er seinen Wagen neben dem von Martin vor der Buchhandlung. Die Tür stand offen, Thomas fand Martin hinter der Kassentheke, wie dieser gerade schnell eine Nummer am Telefon eintippte.

»Ich kann sie nirgends finden«, sagte Martin, ohne aufzublicken. »Sie ist wie vom Erdboden verschluckt.« Er wollte noch etwas sagen, unterbrach sich aber selbst und sprach ins Telefon: »Hallo Lisa, Papa da. Weißt du, wo die Mama ist?« Kurze Stille, offenbar eine negative Antwort. »Ja, ja, das habe ich schon versucht, da geht sie nicht ran … Den Daniel habe ich schon angerufen, der hat auch keine Ahnung … Ich weiß, dass das für die Mama ganz untypisch ist.« Eine weitere Pause. »Okay, bis bald.«

Er legte auf.

»Glaubst du, dass etwas passiert ist?«, fragte Thomas. Er hatte keine Ahnung, ob Martin aufgefallen war, dass er im Raum stand.

»Ich weiß nur, dass ich ein furchtbar schlechtes Gefühl habe«, antwortete Martin.

Er hob zum ersten Mal den Kopf. Er schaute Thomas direkt in die Augen.

»Entschuldige bitte für vorhin«, sagte er ganz leise. »Und danke, dass du mir nachgefahren bist.« Er kam hinter der Theke hervor und für einen Moment war ein Zögern zwischen den beiden Männern. »Ich habe mich scheiße benommen«, sagte Martin. »Und ich verspreche dir, dass so etwas nicht wieder vorkommen wird.« Noch bevor Thomas darauf antworten konnte, wandte sich Martin aber auch schon dem Büro zu. »Vielleicht hat sie hier eine Nachricht hinterlassen?«

»Ich nehme mal an, dass du schon oben warst.«

»Alles abgesucht, kein Hinweis.«

Martin war vorausgegangen, Thomas war ihm gefolgt. In der Tür zum Büro fiel Martins Blick auf den Computer. Der Bildschirm war schwarz, aber der Power-Schalter leuchtete bläulich und ein leises Summen war zu hören.

»Der ist an«, stellte Martin fest. Eine kurze Bewegung mit der Maus genügte, und der Desktop flackerte auf. »Ich bin mir ganz sicher, dass ich ihn heruntergefahren habe, als ich gestern gegangen bin. Meine Hilfskraft war für heute zu einer Hochzeit eingeladen, und ich war bei dir, deshalb hatte ich nicht damit gerechnet, dass jemand diesen Computer benutzen würde. Die Margit …«

Martin hielt inne, er dachte nach. Thomas runzelte die Stirn, Martin bemerkte seinen fragenden Blick aber nicht. Hingegen öffnete er den Browser und dann im Internet die Adressenleiste. Er nickte, als er dort den Link zum Friedhof der Namenlosen fand.

»Manchmal ist es doch besser, den Verlauf nicht zu löschen«, murmelte er. Und sagte zu Thomas: »Wir müssen zurück nach Wien.«

Während Margit im Laufe der nächsten guten Stunde die Kreise ihrer Fahrt immer enger um den Albernen Hafen zog, lenkte Martin seinen Wagen mit hoher Geschwindigkeit und zusammengebissenen Zähnen. Die Hände auf dem Lenkrad waren so verkrampft, dass die Fingerknöchelchen weiß hervortraten. Diese Formulierung hatte Thomas zuweilen in Büchern gelesen, jetzt konnte er beobachten, dass es wirklich so war. Er legte eine Hand auf die von Martin und drückte sie, dann streichelte er mehrmals darüber. Martin reagierte nicht offen darauf, aber Thomas wusste, dass er sie wahrgenommen hatte und dass sie ihm wichtig war.

Von Weitem sahen sie jenseits der letzten Lagerhalle am Hafen im Kegel der Scheinwerfer Margits Wagen auftauchen. Martin fuhr daran vorbei und noch ein Stück in den Weg hinein, der an der Böschung zum Friedhof entlangführte. Dann hielt er mit einem Ruck, und die beiden Männer sprangen aus dem Auto. Thomas solle zum Friedhof laufen, befahl Martin, er selbst würde das Ufer absuchen.

Im Zwielicht der Dämmerung stürmte Martin durch den Wald. Dabei ruderte er wie wild mit den Armen herum, als könnte er auf diese Weise die Nebelfetzen verscheuchen. Am Ufer blieb er stehen. Vor sich im Wasser entdeckte er etwas Helles und wusste sofort, dass das Margit war. Unwillkürlich streckte Martin die Hände nach ihr aus und griff ins Leere. Anstatt Luft zu holen, hielt er den Atem an, und ohne nachzudenken, sprang er ihr nach. Das Wasser war eiskalt und schnürte Martins Brust zusammen. Er schluckte Wasser und bekam keine Luft. Doch durch Zufall kriegte er Margit an einem Ärmel ihrer weißen Jacke zu fassen. Er zog sie zu sich und strampelte mit den Beinen und versuchte, ihren Kopf über dem Wasser zu halten. Aber die Strömung war stark, und die Schuhe an seinen Füßen kamen ihm wie bleierne Gewichte vor. Margit hing wie leblos in seinen Armen. Die Strömung zog sie beide donauabwärts, und Margits Körper zog sie nach unten. Wie Blitze tauchten Bilderfetzen vor Martins innerem Auge auf: Margit und er, zwei Leichen in der Donau, mit dem Gesicht nach unten trieben sie zwischen den Wellen. Doch da spürte er einen Griff unter den Achseln, und er drehte den Kopf und schaute direkt in Thomas' Gesicht. Ihm wurde schwindelig, und er war wie gelähmt. Willenlos wie eine Puppe ließ er sich durch die Wellen zum Ufer hin ziehen.

Thomas hatte das Seil inmitten einiger Werkzeuge bei der Friedhofskapelle liegen sehen und instinktiv danach gegriffen. Als er Martin und Margit im Wasser davontreiben sah, hatte er rasch ein Ende um einen Baumstamm und das zweite sich selbst um die Brust gebunden. Einen nach dem anderen zog er Martin und Margit zum Ufer hoch. Sie waren schwer wie Sandsäcke, es war aber offensichtlich, dass sie am Leben waren. So versuchte er, den Knoten wieder zu lösen, denn das Seil schnitt ihm in die Brust. Es hatte sich mit Wasser vollgesogen, und Thomas brauchte eine geraume Weile, bis er sich davon befreit hatte.

Inzwischen hatte sich Martins und Margits Hustenanfall gelegt, und die zwei atmeten wieder relativ normal. Halb zur Seite gedreht, lagen sie da, und Thomas setzte sich neben Martin und sagte nichts.

Auch die beiden anderen sagten nichts, und nach einer Weile setzten sie sich auf, und alle drei starrten sie auf die Wellen der Donau. Das wilde Rauschen des Wassers klang ihnen in den Ohren.

Nach langen Minuten begann Margit zu sprechen. »Warum habt ihr das getan?«, fragte sie.

Martin saß da wie zu Eis gefroren, aber Thomas beugte sich vor und schaute zu ihr, und ihm fiel auf, dass ihre Schminke zerronnen war und wie dunkle Tränen über die Wangen lief.

»Ich hätte hierhergepasst«, fuhr Margit fort. »Eine Namenlose mehr, wen hätte das gekümmert.«

»Unsinn«, widersprach ihr Martin. »Uns hätte es gekümmert. Du bist keine Namenlose, du hast einen Platz im Leben so vieler Menschen. Du gehörst nicht hierher.«

»Mein Tod hätte deine Probleme gelöst.«

»Dein Tod«, entgegnete Martin heftig, »hätte mir und vielen anderen großen Schmerz bereitet.«

Worauf Margit nichts mehr sagte. Die Traurigkeit und die Verzweiflung, die sie vorhin im Nebel zurückgelassen hatte, brachen wieder über sie herein, und Margit war, als würde sie daran ersticken. Es war kalt, und ihre Kleider waren nass. Martin und Thomas zitterten, wie sie so am Donauufer saßen, aber das bekam Margit gar nicht mit. Erst als sie einen Druck auf ihrer Schulter spürte, blickte sie auf.

Martin stand neben ihr und hielt ihr seine Hand entgegen. Margit zögerte noch einen Moment, dann ließ sich von ihm hochziehen. Auf den Beinen, wurde auch ihr bewusst, wie sehr sie fror. In den Autos waren Decken, sie rubbelten sich die Haare und, so gut es ging, auch ihre Kleidung trocken. Margit hatte ihren Herbstmantel in ihrem Auto, Martin und Thomas Jacken auf dem Rücksitz des Wagens, mit dem sie gekommen waren. Sie schlüpften hinein, und als sie dann so zwischen den beiden Fahrzeugen standen, wusste keiner von ihnen, wie es weitergehen sollte. Sie blieben im Freien, denn ohne sich darüber abgesprochen zu haben, erschien ihnen allein die Entscheidung, wer mit welchem Auto losfahren würde, als unüberbrückbare Hürde.

Kaum mehr nahmen ihnen Reste des Nebels die Sicht, stattdessen kroch Dunkelheit aus dem Boden. Der nächtliche Himmel war sternenlos, darin hing ein fast voller Mond. Die Dunkelheit schloss sich um ihre Körper, der Mondschein konnte sie nicht durchdringen, als sie wie in einem stummen Einverständnis die Stufen zum Schutzwall zwischen dem Friedhof und dem Fluss hinaufstiegen und sich dort ins Gras setzten, Martin neben Margit und Thomas neben ihn. Zuerst saßen sie in Abständen zueinander, doch dann rückten sie näher zusammen, und jeder von ihnen schlang eine Decke um sich, die sie vor der Kälte schützte.

Da saßen sie, hatten festen Boden unter den Füßen und waren dankbar dafür. Wind umwehte sie und immer wieder verfing sich ein herbstliches Blatt an einem von ihnen. Das Leben hatte sie dort angeschwemmt, in der Nähe des Friedhofes der Namenlosen, der unter ihnen wie ein Seitengewässer der Donau lag. Wolken zogen in großer Geschwindigkeit, fast wie im Zeitraffer, vor der Mondscheibe vorüber, was die Dunkelheit immer wieder für einige Zeit aufhellte. In dieser Stimmung hatten die Gräber etwas von kleinen Booten an sich. Die roten Kerzen flackerten wie Sturmlichter, das Tannenreisig ähnelte schwarzen Wellen, die über die Bootskanten schwappten. Auf den ersten Blick ziellos, in Wahrheit jedoch auf der stillen, nichtsdestotrotz verzweifelten Suche nach einer Anlegestelle, nach einem Ort, an dem sie festmachen konnten, trieben diese Boote, die in Wahrheit die Gräber von namenlosen Unglücklichen waren, durch die Nacht.

Doch Margit, Martin und Thomas befanden sich weder in diesen Booten, noch waren sie fortgespült worden. Was auch geschehen war, sie waren noch am Leben und saßen dort zu dritt im Gras. Nicht mehr und nicht weniger als das, immerhin.

EPITAPH

Tief im Schatten alter Rüstern,
Starren Kreuze hier am düstern
Uferrand.
Aber keine Epitaphe,
Sagen uns, wer unten schlafe.
Kühl im Sand.

Still ist's in den weiten Auen.
Selbst die Donau ihre blauen
Wogen hemmt.
Denn sie schlafen hier gemeinsam,
Die, die Fluten still und einsam,
Angeschwemmt.

Alle, die sich hier gesellen,
Trieb Verzweiflung in der Wellen
Kalten Schoß.
Drum die Kreuze, die da ragen,
Wie das Kreuz, das sie getragen,
»Namenlos«.

Gedicht von Graf Wickenburg
auf dem Friedhof der Namenlosen